삶이 그대를 속일지라도

인생 3라운드에서 詩에게 길을 묻다

삶이 그대를 속일지라도

최복현 지음

YANG 이문 MOON

프롤로그

사람이 그립다. 사람냄새가 그립다. 사람 속에 섞여 있으면 때로 피곤하기도 하지만 사람을 떠나 있으면 벌써 사람이 그립다. 우리는 모두 사람을 떠나서는 살 수 없는 존재이기 때문이다. 그럼에도 살다보면 사람을 떠나서 살아야 하고, 살아보고 싶은 인생의 한 계절이 온다. 심리적 독립을 해야 하는 시기인 인생 제3라운드, 제2의 경제 활동기를 말한다.

이제까지는 흔히 인생을 전반부와 후반부로 나누어 인생 제2막을 이야기하거나 인생을 3분하여 초년, 중년, 노년으로 표현했다. 하지만 100세 시대에 들어선 지금은 인생을 4라운드로 나누어야 할 것 같다. 첫 라운드는 엄마의 태에서 분리되며 시작된 신체적 독립이다. 학창 시절을 보내고 부모로부터 용돈을 받는 시절을 마감할 때까지이다.

다음에 찾아오는 제2라운드는 경제적 독립으로, 본격적인 사회생활을 시작하여 은퇴하기까지의 시절이다. 이 시기는 나이에 대한 관념보다는 본격적인 사회생활을 하는 때이다. 결혼을 하고 본격적인 사회의 성원으로 활동하는 한편, 미래의 사회성원을 생산하거나 양성하는 등의 중추적 역할을 하기도 한다.

원하지 않아도 직장인은 자의든 타의든 은퇴의 계절을 맞는다. 정년을 다 채우는 운 좋은 사람도 있고, 불명예스럽게 은퇴를 해야 하는 사람도 있다. 물론 은퇴 없는 자영업에 종사하는 이들도 있지만 이들에겐 길게 잡아 60이란 나이면 인생 제3라운드라고 할 수 있다. 앞 라운드부터 준비를 해온 사람이라면 조금은 가볍게 이번 라운드를 시작할 수 있지만 그렇지 못한 경우라면 그야말로 사람냄새가 지겨웠으나 다시 사람들 속이 간절히 그리운 시절일 것이다. 이제 모든 것을 새롭게 시작해야 하는 시절, 왕년의 모든 것을 잊고 새롭게 시작해야 하는 경제적 자립기라 부를 수 있다. 누구에게도 아쉬운 소리하지 않고 남은 생 동안 자립할 수 있는 모든 준비를 해야만 한다. 경제적 독립기에는 부양가족을 위한 경제활동이 주였다면, 경제적 자립기는 더 이상 경제활동을 할 수 없을 때를 위해 비축을 해야 하는 시기다. 여유가 있는 이들은 마지막 남은 경제적 노동의 즐거움을 만끽해야 할 시기다.

이 시절을 잘 보낸 사람에겐 행복한 말년이 온다. 이루었든 이루지 못했든 욕망을 서서히 내려놓는 연습을 하며 인생의 마무리를 준비하는 시절, 정신적 독립기이다. 인생을 잘살았느냐 못살았느냐를 진정으로 평가받을 수 있는 시기가 바로 이때다. 시작보다 과정이 중요하고, 과정보다 더 중요한 것이 마무리라면, 인생에 있어서도 이 시절은 우리 삶을 총결산하게 하는 중요한 때다.

일생이란 필연, 사람은 누구나 과거라는 지나간 시간을 걸어 현재에 섰다. 현재라는 시간, 지금, 여기, 나라는 3박자가 함께 있어야 하는 동시성의 시간, 나의 현재를 나의 과거가 만들어주었다. 지금의 나는 내 과거의 산물이다. 그 과정에서 나는 많은 선택을 했고, 그 선택들은 어떤 결과든 나에게 선물했다. 그것이 지금 내 현재의 모습이다. 내가 지금 만족하지 못하고 있다면 나의 선택과 결과를 부정적으로 보고 있다는 것이 된다.

나는 지금 나의 현재에 만족한다. 그것이 나를 위로하고 나를 행복하게 하는 마음가짐이기 때문이다. 지나간 것을 되뇌든 다시 되돌릴 수 없다. 과거를 후회하면 할수록 나는 점점 더 부정적으로 변하고 불행하다. 부정적인 늪에 빠져 있는 한 나의 미래는 더 무기력한 나를 만들 뿐이다.

나를 돌아본다. 인생의 절반을 살았다. 앞으로 살날이 절반이나 남아 있다. 그러니 이제부터 진정한 시작이다. 이제껏 인생을 연습하며 살아왔다고 치고 이제부터는 진지하게 내 인생을 새롭게 써가야 할 시점이다. 모든 것을 새로 시작한다. 새로운 목표를 세우고 새로운 꿈을 꿈다. 새로운 사랑, 새로운 일, 새로운 공부, 새로운 글쓰기, 그 모든 것을 새로 시작해야 하는 인생 제3라운드로 접어든 것이다.

늘 비슷한 날들의 일상, 진부한 날들을 살고 싶지 않다. 아무리 열심히 살아도 잊을 건 잊혀지고, 우리에게 남는 것은 이야기만 남는다. 공동체에는 대문자로 쓰는 History라는 역사가 남고, 나 개인에겐 나의 소문자로 시작하는 history란 이야기만 남는다. 지난날들은 지금 이야기로만 남아 있다. 여기, 지금, 나라는 현재의 삶이 아니라 기억 속에서나 만날 수 있는 지난날들, 현실에선 죽어 있으되 기억으로만 살아 있어 복원이 불가능한 일들, 추억이라 하기엔 너무 진하게 남은 아픔이나 아린 일들을 돌아본다. 나는 그 많은 이야기를 잊고 있다. 지금 이 순간 기억하고 있는 이야기는 아주 일부분일 수도 있다. 그렇게 남은 이야기를 간직하고, 앞으로 이어질 내 이야기는 고요하기보다는 좀 더 역동적이고 재미있게 써가고 싶다.

지금 나는 나의 미래를 쓰기 시작하고 있으며, 미래를 그려가고 있고, 나를 만들어가고 있다. 이제까지 갖추어온, 조금은 성숙하고 노련함으로 멋진 나를 그려가야 한다. 인생 제3라운드는 축복의 시기다. 어수룩하지 않고, 아주 노련하지도 않고, 그저 적당한 생의 반환점을 돌아가는 시점이니까. 행복한 인생을 마무리할 수 있는 이 시점에서 잘만 써나간다면 내 인생을 가치 있고 의미 있게 만들어갈 수 있는 중요한 시점이다.

새로 시작되는 내 삶을 위하여 나는 묻는다. 내가 나에게 내 삶의 길을 묻는다. 내 인생을 선택할 사람도 나고, 내 삶을 책임질 사람도 나 니까. 그리고 또 묻는다. 내 삶의 길을 묻는다. 삶의 모습을, 삶의 이야 기를 가장 잘 압축한 아름다운 시에게 내 삶의 길을 묻는다. 시에서 내 인생을 발견하고 나를 비추어본다. 외로움을 시로 달래고, 괴로운 일 들을 잊으며, 시 한 줄에서 힘을 얻는다. 사람에 대한 간절함, 또는 삶 에 대한 간절함으로 지쳐갈 때 마음을 후려치며 퍼뜩 정신이 들게 한 날카로운 시어들, 위로가 되는 따뜻한 시어들, 시가 내 안으로 들어온 다. 간절한 한마디 되어 내 안으로 들어온다. 때로는 순수하고 아름다 운 시어들이 내 마음을 후벼팔 듯 아프게 한다. 때로는 따뜻한 시어들 이 울고 있는 내 마음을 보듬어준다. 시에는 시인들의 영혼이 들어 있 으니까. 그 무엇을 노래해도 결국 우리 삶 속으로 들어온 가장 간결하 면서도 깊은 의미를 전해주는 우리 영혼의 노래, 시에게 묻는다. 나의 삶의 길을 묻는다.

c o n t e n t s

제 1부

인생 3라운드에서
길을 묻는 그대에게

1

인생 3라운드를 시작하는 그대에게

바쁘다는 핑계로 우리는 그저 달려갈 뿐 자신의 생에 대한 생각은 하지 않고 살아간다. 그러다보니 각박한 세상을 우리 스스로 만들어가고 있다. 세상은 마음먹기에 따라 여유를 가질 수도 있고, 바쁘게 살 수도 있다. 하지만 우리는 늘 바쁘다고 하며 빠르게 움직인다. 그 바쁨을 멈출 수 있는 사람은 자신밖에 없는데도 잠시 멈추어설 생각 없이 세상의 흐름에 맡기고 정신없이 살아가고 있다.

생이란 도대체 무엇일까? 요즘은 100세 시대, 어떤 이들은 150세 시대를 이야기하기도 한다. 그만큼 우리의 수명은 늘어나고 있다. 지금 나이가 꽤 들었다고 생각하는 이들에게도 살아갈 날들은 무척이나 많이 남아 있다. 지금은 인생을 2막으로 나눌 수 있는 시대를 넘었다.

이제는 인생 제 4막, 또는 인생 4라운드라고 불러야 할 것 같다.

아무것도 모르는 채로 태어난 갓난아이, 그 아이는 살아 있는 것 같으나 나중에 어른이 되어 생각해보면 아무런 기억이 없다. 엄마 젖을 빨던 생각이 날 법도 한데, 요에 오줌을 싸고 동물처럼 아무 데나 똥을 싼 걸 기억할 법도 한데 아무런 기억이 없다. 그래서 프랑스의 정신분석학자 자크 라캉(Jacques Lacan)은 세 살 이하의 유아는 사람이라기보다 동물에 불과하다고 말한다. 이 연약한 모습에서 사람의 옷을 입어 가는 시절, 의존적인 형태에서 어른을 준비하는 1라운드, 이때에 우리는 많은 것을 배우고 사회에 진출할 능력을 기른다. 무슨 공부를 해서 평생을 살까 고민하고, 어디에 취직해서 돈을 벌어 독립할까를 고민하는 시기다. 여기서 우리는 많은 공부를 하고 많은 고민의 날들을 보낸다. 어느 과정이든 통과의례가 있듯이 쉽게 이 시기를 넘길 수만은 없다. 그럼에도 이 시기는 황금기다. 인생 그 어느 시기보다 꿈도 많고 못 할 것이라곤 없을 것처럼 자신감이 넘치며, 무엇에든 도전할 용기가 있다.

알프레드 테니슨(Alfred Lord Tennyson)은 그의 시 〈오크나무〉에서 이 봄날을 이렇게 표현하고 있다.

일생을 살라,
젊은이 늙은이여,

저 오크나무같이,

봄엔 찬란히

살아 있는 금으로.

봄이면 연한 잎을 내는 오크나무, 연초록보다 더 맑아서 금빛으로 보이는 이 오크나무는 그야말로 아름다운 꿈, 아름다운 소년의 모습을 보여준다. 우리의 인생을 닮았다. 비록 연약하지만 곧 짙은 녹음으로 변해갈 오크나무 잎들에는 희망이 주렁주렁 열린다. 한해를 넉넉히 버텨내고도 남을 삶을 준비한다. 아침 햇살에 부서질 듯 나부끼는 금빛 찬란한 오크나무 잎들처럼 우리 초년 인생도 꿈으로 다져지는 꿈의 시절, 희망의 시절이다. 녹음을 향해 달려가는 잎새처럼 감당 못할 꿈으로 고민하며 밤을 지새울 날도 많지만 즐거운 시절이다.

그 시절을 넘어 인생 제 2라운드는 그야말로 인생의 최고 절정기라고 할만하다. 의존적인 존재에서 독립적인 존재의 옷을 갈아입는 시기다. 나 스스로 서야 하는 시기, 용돈을 받는 즐거움에서 내가 흘린 땀과 돈을 맞바꾸어 뿌듯한 마음을 갖는 것으로 시작하여 사회의 중추가 되는 시기다. 본격적인 삶의 터전에서 때로는 넘어지기도 하고 좌절을 맛보기도 하며, 시기와 질투 속에서 전쟁을 치르는 치열한 삶을 살기도 해야 하는 녹음 짙은 열정의 시절이다.

여름엔 풍성하게

그 다음엔, 그리고 그 다음엔

짝을 채워 가정을 이루고, 거기서 또 자신과 닮은꼴을 생산해낸다. 그야말로 생산의 시절이다. 평생 살아갈 터전을 닦겠다고 발버둥하며 직장에서 진급에 목을 매고, 때로는 출세를 위해, 성공을 위해, 남보다 더 많은 부를 창출하기 위해 더러는 남을 속이기도 하고 남을 아프게 만들기도 하며, 미래를 준비한다. 그러면 인생은 풍요로울 것 같으며, 다가오는 정년 후에는 여유 있게 유유자적하며 살 수 있을 것 같은 시기다. 꿈을 꾸었던 꿈의 보자기들을 펼치고 그 꿈들을 이루어가는 시기다. 그 어떤 보호막도, 의지할 대상도 없어서 혼자 고민하고, 혼자 짐을 지고 버거워해야 하는 시절이다. 인생의 절반 아니 그 이상을 해치워야 하는 시기, 마음으로는 인생의 90퍼센트를 이때에 해야 할 것 같은 시절이다. 인생 1라운드에서 배운 것을 마음껏 소진하는 시절이다. 이 시절을 어떻게 살아내느냐가 인생의 성공과 실패를 가름한다고 생각하는 사람들이 얼마나 많던가.

그리고 인생 3라운드에 접어든다. 부모의 보호 아래 있을 때 공부한 것으로, 실력을 쌓아둔 것으로 일평생 넉넉하게 살 수 있을 줄 알았다. 이전에는 그럴 만했다. 그러나 지금은 아니다. 아직 살아갈 날들이 더 많이 남아 있다. 적어도 4~50년은 살아야 마감하게 될 시기에 우

일생을 살라, 젊은이 늙은이여,
저 오크나무같이, 봄엔 찬란히 살아 있는 금으로,

리는 직장 문을 나서야 한다. 원하든 원하지 않든 일을 놓아야 한다. 정년이란 장애물에 걸려 이제 배워두었던 것은 이걸로 마감이다. 새로운 뭔가를 시작해야 하는데 아는 것이라곤 소진되었다. 이럴 줄 알았으면 직장을 다니면서, 일을 하면서, 은퇴했을 때를 대비한 뭔가를 공부해야 했다. 20년 공부한 것을 20년 써먹었으면 족할 일인데도 우리는 미련을 갖고, 남을 원망한다.

가을답게 변하여,
다시 은근한 빛깔의
진정한 금으로

가을이라기엔 너무 멀다. 일을 놓기엔 너무 젊다. 오크나무는 잎이 물들어도 우리는 아직 물들 날이 멀다. 우리는 더 일을 해야 하고, 더 움직여야 한다. 열정이 조금 시들었을지는 몰라도 아직 남은 꿈이 있고, 새로 시작하는 꿈이 있다. 그래서 공부를 해두었어야 한다. 인생의 늦여름을 위한 공부를 해두었어야 한다.

우리는 걸어왔다, 인생의 길을. 인생의 제 2라운드, 친구들의 결혼식에 따라다니며 맘 설레던 시절이 있었다. 그러다 나도 결혼이란 걸했다. 서로 다른 두 우주가 만나 갈등을 조정하고 화해하며 서로를 맞추어 살다보니, 어느덧 여기저기 친구들 자녀의 첫돌 따라다니던 시절이 있었다. 그런 시기가 어느 정도 지나는가 싶었다.

어느 순간 친구들의 부모님 상가에 조문을 다니는 시절이 왔다. 그래도 그때 인생에 대해 별 생각을 하지 않았다. 그 주인공들과 나는 전혀 차원이 다른 사람으로 치부하고 나의 그날은 전혀 의식이 없었으니까. 친구 부모님의 상가에 조문 가는 일이 어느 사이 점차 없어지나 싶었는데 청첩장이 날아오기 시작한다. 늘 마음은 이십대인데 어느덧 친구 자녀의 결혼식에 따라다니는 나를 발견한다. 아, 벌써 인생 제 3라운드다. 이런 변화와 함께 우리는 인생 3라운드의 막을 열었다. 그리고 다시 시작해야 한다. 공부도 시작하고, 새로운 꿈도 꾸고, 새로운 일도 시작해야 한다. 그렇게 인생 늦여름을 길게 연장하여야 한다.

그러면 오크나무처럼 연약한 잎으로 금빛을 내지 않고 진정한 황금기를 맞이할 수 있을 것이다. 이제는 진정한 금이어야 한다. 웬만한 바람에 흔들리지 않고, 어떤 시기와 질투도 덤덤하게 넘기고, 듬직한 성품에, 제대로 품격을 갖춘 존재로 탈바꿈해야 한다. 그 어느 시기보다 인생 3라운드는 축복의 계절이다. 풍부한 경험과 삶에 대한 풍요로운 지혜로 새로운 일을 시작하고, 새로운 꿈을 다시 펼칠 수 있는 철든 사춘기이며, 듬직한 독립의 시절이다.

이 시절을 잘 지내고 나면 우리에겐 행복한 인생 4라운드가 기다리고 있다. 4라운드라고 쉬라는 것은 아니다. 일하지 않아도 되고 쉬어도 되지만 진정으로 공부를 즐기고, 일을 즐기고, 여유를 마음껏 즐길 수 있는 시절이다. 이제 좀 더 시간이 흐르면 이 시절도 끝나갈 것이다. 그러면 우리 자신이 검은 테가 둘러진 그 초상화의 주인공이 될 테다. 생은 누구나 피할 수 없다. 거기에 너무 먹먹해지거나 부정적으로 생각해선 행복할 수 없다. 누구에게나 올 일이고, 언제일지 모르는 것이 우리 생이다. 그러니 피할 수 없는 일이라면 담담하게 받아들일 수 있는 마음을 가져야 한다.

95세 노인이 은퇴 후 지난 30년을 반성하며 헛되이 산 그 30년을 후회한 것처럼, 3라운드를 평가하고 마지막 남은 불꽃을 아름답게 쏘아올릴 시절이 온 것이다. 친구 자녀들의 결혼식 주례를 서기도 하고, 먼저 떠난 친구들 문상을 가야 하는 시기다. 진정한 힘을 보여줄 수 있는 시절이며, 이제까지 살아온 인생을 종합적으로 평가할 수 있는 시절이다.

그의 모든 잎은
끝내 떨어졌지만
보라, 그는 우뚝 섰다,
줄기와 가지뿐인
적나라한 힘으로.

오크나무, 이 나무는 나뭇잎들이 모두 떨어지고 나면 오히려 더 힘찬 모습을 보여주는 나무다. 그 튼튼한 줄기하며 강인해 보이는 기둥 나무, 적나라하게 힘을 보여준다. 오크나무가 겨울에 더 힘찬 모습을 보여주듯이 우리도 그런 모습을 보여주어야 한다. 진정한 인생의 시작과 마무리는 여기에 있다. 자리에서 떠난 후 나의 모습, 일을 놓은 후 남들의 평가, 내 옆에 남아 있는 사람들, 물건들이 나를 평가해줄 시절이다. 95세 생일을 맞은 노인은 3라운드 30년을 후회하며 105세 생일을 맞이할 수 있다면 그날을 위해 외국어를 확실히 하기 위해 공부를 시작하겠다고 한다.

인생 4라운드, 어떻게 보면 인생 3라운드가 가장 중요하다고 할 수 있다. 이 시절이 진정한 황금기이며, 은은한 빛으로 세상을 비추는 시기다. 진작 공부를 하지 않았다면 지금부터라도 공부를 시작해야 한다. 이제는 20년 공부하여 20년 써먹는 것이 아니라 공부하면서 써먹으며 지속적으로 공부해야 하는 시기다. 그러므로 사춘기 소년처럼 보다 다양한 꿈을 가지고 새로운 도전에 열정을 쏟아야 한다. 인생, 아주 품격 있는 삶을 살려면 인생 3라운드를 멋지게 장식할 일이다.

"인생에는 두 가지 비극이 있다. 하나는 욕망이 이루어지지 않는 것이요, 다른 하나는 욕망을 획득하는 일이다."
– 버나드 쇼(George Bernard Shaw)

2
인생 3라운드에서
진정한 자신을 찾아가는 반항

　때로 우리 삶에는 적당한 시련과 고난이 필요하다는 생각을 한다. 어느 정도의 긴장감이 있어야 삶의 의욕도 생기고 뭔가를 하려고 움직일 것이기 때문이다. 그저 등 따시고 배가 부르면 움직이려 하기보다는 거기에 안주하여 지내는 것으로 만족한다. 애써 노력하지 않아도 하루 세끼 밥 먹을 수 있고, 충분히 쓸 돈도 있으니 걱정이 없는 것이다. 시간이 지나면 꼬박꼬박 나오는 월급, 별로 갈등 없이 지낼 수 있는 직장, 걱정이 별로 없다. 어느 정도의 업무상 스트레스야 있지만 그 정도는 그냥 받아넘길 만하고 참을 만하다.

　하지만 그 생활이 언제까지 이어질 수는 없다. 세월에 밀려서건, 사회변화에 밀려서건, 나의 능력이 생명을 다하는 날이 오고, 찬밥 신세로 전락하는 날은 반드시 오게 되어 있다. 내일도 오늘 같겠지 하고 생각하지만 언젠가는 그 내일이 오늘과는 전혀 다른 낯선 날이 되는 때가 반드시 온다. 그렇게 되면 이미 야성을 잃어버리고 삶의 패기를 잃어버린 우리는 굉장한 공허감에 빠져들게 되고야 만다.

> 엔젤 핏시는 이제 아마존을 꿈꾸지 않는다.
>
> 다방 한가운데 놓여진 어항
>
> 알맞게 맞춰주는 수은
>
> 실지렁이, 수초, 형광등 불빛에 그들은 만족해한다.
>
> —박상천, 〈열대어의 유전인자〉 중에서

어항 속 열대어처럼 상황이 제공해주는 넉넉함에 안주하는 우리는 자신의 변화에 대해 전혀 의식하지 못한다. 사회에 맞추어 산 내가 거기에 알맞게 변해 있는 건 맞다. 그리고 그 변화는 옳았다. 그 상황에 적응해서 맞추어 사는 것이 나쁜 것은 아니다. 하지만 그 상황이 언제까지 이어지지 않는다는 것을 우리는 인식해야 한다. 지금은 인생을 살면서 적어도 네 번은 대폭적인 변신을 해야 한다는 걸 잊어선 안 된다는 것이다. 인생을 4등분해서 그때마다 완전한 변화를 이루지 못하면 우리는 도태된 존재가 되어 사회의 낙오자로 전락하고 만다는 것을 인식해야 한다.

몇 대인가를 거치며 아마존의 꿈을 포기한 후,

어항 유리에 스스로 몸을 부딪지도 않고 어항 밖

사람의 장난에 놀라지도 않는다. 그저 온 몸으로

부지런히 헤엄쳐 다니다가 변질된 유전인자를 물려주고

어느 날 아침,

굳어져 조금 뒤틀린 몸으로 조용히 물 위에 떠오를 뿐이다.

이 시의 화자는 그런 우리를 어항 안에서 평화롭게 지내는 열대어에서 발견해낸다. 그는 다방에 앉아서 차를 마시며 생각에 잠긴다. 다방 가운데 놓인 어항에 생각이 멎는다. 어항 안에는 열대어들이 평화롭게 노닐고 있다. 그들은 아무 걱정 없는, 긴장할 이유 없는 고요한 삶을 살아가고 있다. 그 어항 속 물고기들이 나로, 우리로 인식되어 돌아온다. 세상이 변하고 있지만 그 변화에 적응하려는 것보다 그저 안주하고 있는 우리를 돌아보며, 그 열대어와 우리가 닮아 있다는 생각을 한다.

우리는 어딘가에 안주하고 있어서는 곤란하다. 세상은 항상 변하고 있으니 우리도 변해야 하고, 언젠가 나이로, 능력으로, 사회의 변화로 밀려날 자리가 바로 여기라는 것을 인식하지 못하면 비참한 존재로 전락할 날이 올 것을 예감해야 한다. 지금 우리가 들어 있는 어항, 알맞은 수온, 적절한 먹이, 외부로부터의 안전함, 거기서 퇴출되는 날이

이제는 떠나야 한다.

어항을 벗어나서 더 크고 쉽게 변하지 않을

더 큰 세상을 향해 떠날 수 있어야 한다.

더 많은 변수가 일어날 그 세상에 적응할 수 있도록 용기를 내야 한다.

올 것을 미리 대비해야 한다. 그렇지 않으면 언젠가 그 좋은 어항에서 밀려나는 날 아무것도 할 수 없고 할 것도 없이 방황하며 무기력해진 나를 발견해야 한다.

모든 것을 소진하고, 심지어 제대로 사회에 적응할 수 없는 뒤틀어진 장애를 가진 존재로 고민하며, 괴로움이란 괴로움은 다 겪어야 한다. 그러므로 항상 야생에 존재하는 날의 나를 기억하며 그 야성을 잃지 않고 살아야 한다.

열대어, 그들의 혈통은 이렇게 좁은 어항에서의 삶을 사는 것이 아니었다. 펄떡거리며 높은 물돌을 뛰어넘기도 하고, 거센 물결을 거슬러 오르며 더 높은 상류에서 시원을 보고픈 꿈도 있었다. 하지만 인간에게 길들여진 열대어들은 서서히 자신들의 혈통을 잃고 갇혀서 사는 것에 만족하며 살고 있다. 자기보다 더 큰 물고기에게 잡혀 먹힐 걱정도 없고 먹이를 찾아 헤맬 걱정도 전혀 없이 인간의 보호만 받으면 된다. 아마존을 생명력 있게 파닥거리며 세차게 뛰어오르던 열대어들은 이미 아마존의 꿈을 까마득히 잊고 자신들의 속성도 잃었다. 진정한 자신들의 모습을 전혀 기억하지 못하고, 현재의 자신을 진정한 모습으로 착각하고 살다가 기형으로 죽을 것이다.

더 이상 아마존을 꿈꾸지 않는 그런 열대어를 내가 닮아가고 있다. 등 따시고 포만감에 젖으며 열정을 불러주던 긴장을 잃어버렸다. 정의에 뜨거운 가슴이 식고 그저 세상에 순응하면서 불의를 정의라 한들 생존이란 이름으로 합리화하며 적당히 얼버무리며 살고 있다. 어항에 갇힌 열대어처럼 정의와 불의는 나와 상관이 없다. 누군가 나에게 먹을거리를 주면 고개 숙이는 즐거움으로 살고 있다.

우리는 가끔 그나마 패기 있게 꿈꾸던 날들을 떠올리며 살아야 한다. 진정한 그 야성을 잃지 않고 살아가야 한다. 나 자신을 들여다보면서 어항 밖에 있게 될 나를 상상하며 나를 바꿀 준비를 해야 한다. 그날이 속히 올 것을 느끼고 행동으로 옮겨가야 한다.

늑대의 야성을 버린 짐승은 개가 되어 더 이상 자신의 고향을 생각하지 않는다. 스스로의 힘으로 먹이를 쫓던 역동성을 잃어버리고 주인에게 꼬리를 흔드는 즐거움으로 살아가면 그뿐이다. 개들은 늑대의 푸른 꿈을 잃고 산다.

보다 원대한 꿈을 포기한 나는, 현실에 만족하며 적당한 선에서 세상과 타협하며 살고 있는 나는 그저 세류에 고요히 떠내려가고 있을 뿐이다. 아니다. 나는 길들여진 가축과는 다른 인간이다. 그러므로 나는 좀 더 부지런히 움직이며 보다 능동적인 생각으로 식어가는 열정에 열을 가하려 노력해야 한다.

이제는 떠나야 한다. 어항을 벗어나서 더 크고 쉽게 변하지 않을 더 큰 세상을 향해 떠날 수 있어야 한다. 더 많은 변수가 일어날 그 세상에 적응할 수 있도록 용기를 내야 한다. 헤밍웨이(Ernest Hemingway)의 《노인과 바다》의 주인공 노인처럼 아직 열정을 가지고, 더 원대한 도전을 시도해야 한다. 그 도전이 없으면 나의 인생 3라운드부터는 암흑 속이다.

바닷가에 매어둔

작은 고깃배

날마다 출렁거린다.

풍랑에 뒤집힐 때도 있다.

화사한 날을 기다리고 있다.

머얼리 노를 저어 나가서

헤밍웨이의 바다와 노인이 되어서

중얼거리려고

– 김종삼, 〈어부〉 중에서

우리 사는 세상은 늘 편안함만 있지 않다. 그 어느 어항에서 나온 순간부터 우리는 뭔가를 해야만 한다. 우선 어딘가에 묶여 있는 나에서 벗어나야 한다. 가정이 나를 매어둘 수도 있고, 그 무엇이 나를 매어둘 수도 있다. 그 매임이 나를 안전하게 보호하고 있을지라도 지금은 그 매임을 풀고 새로운 뭔가에 도전해야 한다. 꿈으로 출렁거리는 마음을 더 강하게 키우며, 꿈을 가지고 더 넓은 세상에 도전해야 한다. 때로는 비록 이 나이에라도 헤밍웨이의 노인처럼 원대한 꿈을 가져보아야 한다. 혹여 세상의 풍랑에 전복되더라도 도전해야 한다. 그 도전이 내가 살아 있다는 반증이기 때문이다.

살아온 기적이 살아갈 기적이 된다고
사노라면
많은 기쁨이 있다고

용기가 필요하다. 도전에는 용기가 필요하다. 지금 이 도전은 피할수 없는 일임을 인식해야 한다. 어항을 떠난 고기, 바닷가에서 놓인 배, 그것이 인생의 3라운드를 준비하는 우리의 몫이다. 이대로 있으면 우리는 꿈을 잃고, 무기력하게 살다가 아무것도 하지 못하는 식물인간이 되고, 카프카의 벌레가 되고 만다. 그러니 우리는 꿈을 가져야 한다. 그리고 그 꿈에 도전해야 한다. 나이를 생각지 말자. 세상을 탓하지 말자. 거기에 앞서 우리가 잃어버린 야성이 세상의 탓이 아니라 나 자신이 거기 안주하려는 마음에서 비롯된 것임을 반성하는 것이 옳다. 이제는 일어나야 한다. 지금도 어항 속의 삶이라면, 바닷가에 매여서

"희망이 도망치더라도 용기를 놓쳐서는 안 된다. 희망은 때때로 우리를 속이지만 용기는 힘의 입김인 것이다."
– 부데루붸그

바다로 떠날 생각도 못하고 있다면, 이제 타인이 나를 세상 밖으로, 바다 한가운데로 내몰기 전에 스스로 어항 밖으로 나가든 세상 밖으로 나가는 도전을 시도해야 한다. 꿈을 가진 나, 도전하는 나, 그 나가 지금의 나가 되어야 한다. 지금, 바로 지금이다.

3

모래시계에게
싸움을 걸기

가끔 모래시계와 싸움을 한다. 동네 목욕탕에 가면 아주 뜨거운 땀방이 있다. 온도가 100도를 오르내리는 방, 사람들은 거의 들어가는 일이 없다. 목욕탕에 가면 나는 그 방에 들어가 5분을 버틴다. 어쩌다 지방에 갈 때도 목욕탕에 가서 거기 딸린 땀방에 들어가 본다. 남들은 뜨겁다고 해도 그 속에서 넉넉히 책을 읽을 만하다. 그런데 서울의 땀방은 유독 뜨거운 데가 많다. 사람들이 기피할 정도로. 나는 거기에서 모래시계를 엎어놓고 버티기 한다.

주어진 시간은 5분. 처음엔 10분을 버텼는데 5분으로 줄였다. 목욕탕에만 갔다오면 '웅' 하고 귀에서 울리는 소리가 나는데 나중에 그것이 원인인 줄 알고 난 후 5분으로 싸움의 수위를 낮췄다.

모래시계에서 모래가 빠져나가기 시작한다. 뜨거운 방에 있으면 모래는 아주 더디게 빠져 내려온다. 물리적인 시간과 정신적인 시계의 차이는 크다. 내가 고통을 당할 때면 시간은 아주 더디 간다. 참을 만한 시간, 유쾌한 시간은 아주 빨리 간다.

모래알들, 생각 없이 빠져 내려오는 모래알들은 나에게 마술을 건다. 절반 이상이 남았을 때엔 속도가 더더욱 더디다. 아주 천천히 세월아 네월아 나를 비웃기라도 하듯 모래알이 흘러내린다. 그러다 반이 넘으면 아주 빨리, 위에 남은 모래알들이 한꺼번에 쏟아지기 시작한다. 모래알들이 다 빠져나오고 나면 아주 대견한 일을 해낸 것처럼 문을 확 열고 즐겁게 나온다.

물론 모래알이 내려오는 속도는 처음이나 지금이나 거의 같다. 단지 그렇게 느껴질 뿐이다. 시간의 흐름이란 일정한데 우리의 심리적 시간이 우리를 조급하게 만들고 있을 뿐이다. 실제로 우리를 지배하는 시간은 물리적 시간이지만 우리는 심리적 시간의 노예가 되어 살아가고 있다. 심리적 시간에서 자유로워지는 것은 내가 어떤 마음을 갖느냐에 달려 있다.

내 삶의 모래시계도 조금씩 모래가 아래로 흘러내리고 있다. 지금까지는 아주 더디게 흘러내렸다. 때로는 모래알이 빠져나가는 것이 지겨울 만큼 아주 천천히 줄기도 했다. 그렇게 흘러내리는 모래알들을 기다리며 살았다. 그런데 지금은 모래알이 흘러내리는 속도가 점점 빨라지고 있다. 점점 가속도가 붙을 것이다. 흘러내린 모래알과 남아 있는 모래알의 수가 같을지라도 이제는 급격히 차이가 날 것이다.

이제 나는 모래알을 기다리지 않는다. 셈하지도 않는다. 흘러내리는 모래알들이 안타까워 바로 볼 수가 없다. 서둘러대는 모래알들이 밉다. 땀방을 나설 때를 생각한다. 그 방을 나설 때 유쾌했던 건 내가 흘린 땀방울 덕분이었다. 그 시간을 용케도 건강하고 건전하게 보낸 덕분이었다. 그처럼 지금 남아 있는 모래알을 보지 않고 건강하게 남은 모래알을 셈해야겠다. 내가 쳐다보지 않아도 슬금슬금 새어나갈 모래알들을 더는 보지 않고, 열심히 땀을 내며 내 길을 걸어가야겠다.

1

중국 여행길에 중국명주라는 술 한 병을 사왔다. 혼자 마시기 아까워 아끼고 아끼다가 어느 날 드디어 개봉하려는데 술병이 너무 가볍다. 귀에 가까이 대고 살살 흔들어보자 거의 빈 병이라는 느낌, 이리저리 병을 돌려가며 자세히 살펴보니 보일 듯 말 듯 실금이 갔다. 남은 술을 따르니 겨우 작은 잔 하나도 다 못 채운다. 그동안 실금 사이로 살금살금 알코올이 달아났던 것이다.

무심코 보낸 시간들이 얼마나 많던가. 의미 없이 보낸 시간들이 얼마나 많았던가. 절반을 보내고 난 지금은 남은 시간들이 절박할 만큼 소중하다. 하지만 우리의 습성으로 볼 때 우리는 곧 시간의 휘발성에 대해, 시간의 모래알과 같은 것에 대해 잊고 살아갈 것이다. 반환점이란 이 나이니까 잠시 진지한 척 인생을 논하고, 시간을 잘 관리하며 살겠다고 각오를 다지고 있는지도 모른다.

절반의 모래시계처럼, 서서히 빠져나가는 휘발성의 고량주처럼, 내 삶에서 감해지는 소리를 내내 들으며 살아야 한다. 그래야 나는 내 모래시계가 다하는 순간 기쁜 마음으로 이 방을 나갈 수 있다. 더 넓고 시원한 방으로, 더 넓은 세계로 웃으며 나갈 수 있다. 내 삶의 가치는 내가 흘린 땀의 양과 모래시계의 비어짐과 비례할 테니까.

2
자궁을 빠져나오느라 내 몸에도 실금이 생겼는지
실금 사이로 조금씩 증발하는 알코올처럼
슬금슬금 빠져나가는
목숨
휘발성이 너무 강해
보이지 않고 냄새도 나지 않는,
미리 따라볼 수도 없고 얼마나 남았는지
알 수가 없어 더 궁금한

—이상호, 〈휘발성〉

절반의 모래시계처럼,

서서히 빠져나가는 휘발성의 고량주처럼,

내 삶에서 감해지는 소리를 내내 들으며 살아야 한다.

그래야 나는 내 모래시계가 다하는 순간 기쁜 마음으로 이 방을 나갈 수 있다.

우리의 본능은 망각과 착각이다. 각오를 다지고도 잠시 후면 잊고 사는 그 아름다운 망각, 한편으로는 준엄한 심판을 받아야 하는 망각, 빠르지도 느리지도 않고, 크지도 작지도 않고, 짧지도 길지도 않은 우리 삶의 모든 모습들을 때로는 빠름으로, 느림으로, 큰 것으로, 작은 것으로, 짧은 것으로, 긴 것으로 아는 유쾌한 착각, 때로는 불행으로 이끌기도 하는 착각을 하는 존재다.

그리고 분명한 것은 내 삶에서 서서히 증발되는 그 무엇이 있으며, 내게 주어진 모래시계 윗부분의 모래알들이 지금 이 순간에도 아래쪽으로 빠져 내려오고 있다는 사실이다. 이제 시간을 보내기에 급급할 것이 아니라 시간을 쓰다듬으며 내편으로 만들어 시간을 즐기며 살아야 한다. 다시 뒤집을 수 있는 삶의 모래시계는 없다. 빠져나간 휘발성 알코올이 다시 내 몸에 취기를 만들어주러 돌아오지 않는다. 남은 취기로 내 인생의 모래시계와 더불어 유쾌한 땀을 흘려야 한다. 그 유쾌한 땀으로 인해 나는 행복하고, 다가올 날들도 아름다운 취기에 젖어 행복하리라.

"50세 이후엔 다른 사람들의 죽음을 목격하면서 우리는 조금씩 죽어가고 있다."
 ─ 훌리오 코르타사르(Julio Cortázar)

4
휴식이 필요하다고 느낄 때

도시의 아침, 특히 서울의 아침 시간에 거리에 나가보면 모두들 정신없이 바쁘다. 전철 환승역에서 만나는 사람들의 표정은 마치 전쟁터로 나가는 사람들처럼 눈만 살아 움직인다. 조금이라도 앞으로 빨리 달려가기 위해 작은 틈새로 몸을 들이민다. 아침부터 사람들은 서둘러 움직인다. 숟가락 놓기가 바쁘게 아직도 잠에서 덜 깬 눈을 비비며 모두들 정신없이 일터로 달려간다. 그들은 대부분 일이 즐거워서가 아니라, 단순히 먹고사는 문제를 해결하기 위해 마지못해 달려가고 있다. 주위를 돌아볼 겨를도 없이 마냥 바쁘게 달려만 간다. 존 러스킨(John Ruskin)의 한마디처럼 "인생은 흘러가는 것이 아니고 성실로써 이루어져가는 것이라야 한다. 우리는 하루하루를 보내는 것이 아니라 내가 가진 것으로 채워가야 한다."

엄청나게 진화한 컴퓨터 덕분에 많은 정보를 쉽고 빨리 얻고 있으면서도 마음은 전보다 더 바쁘다. 6시간은 족히 걸리던 거리를 빠른 교통수단으로 3시간이면 갈 수 있어서 시간을 벌 수 있는데도 마음은 더 바쁘다. 시간은 절약의 대상이 아니라 흘러가면 그뿐이다. 우리 삶은 자전거 페달을 밟는 것처럼 바삐 움직일수록 더 바빠진다. 그러다보니 생존의 문제만 생각한다. 정작 중요한 존재이유에 대한 물음은 없이 바쁘기만 할 뿐이다. 이렇게 바쁜 마음으로 살다보면 행복한 일이 있어도 행복한 줄도 모른 채 살아간다.

멈춤이 없는 삶은 그림자를 피해 도망만 다니는 사람과 같다. 그림자가 싫으면 그늘에 들어가면 될 것을 생각 없이 분주하게만 살아가는 것은 아닐까. 행복한 삶을 추구한다면 이제 잠시 멈추고, 내가 잘 살고 있는지, 진정한 내 자리에 자리매김하고 있는지, 내 삶의 진정한 가치를 생각해보아야 한다. 우리 삶의 목적이 행복한 삶이라면 이제 페달 밟기를 늦추고 잠시 멈추어 주변 풍경을 돌아보는 여유를 찾아야 한다. 그것은 물리적인 문제가 아니라 마음의 문제다.

산마루마다
쉼이 있고
나뭇가지에

산들바람도

전혀 없고,

새도 숲에 잠잔다.

기다려라. 잠시만

그대 또한 쉬리라.

─ 괴테(Johann Wolfgang von Goethe), 〈나그네의 밤 노래〉

산의 푸름을 바라보고 불어오는 바람의 상큼한 맛을 느끼기 위해서는 잠시 걸음을 멈추고 헐떡거리던 숨을 고르며 산 아래를 내려다보아야 한다. 우리 삶에도 잠시 멈춤의 순간들이 필요하다. 요컨대 삶에의 휴식이다. 잠시나마 일에서 벗어나 마음을 다잡는 기회, 그 기회는 일과의 완전한 결별이 아니라 일의 연속이다. 일과 더 친해지고, 일에 대한 효율성을 생각해보는 자기반성의 기회이면서 충전의 기회이다.

일에서 잠시라도 완전히 해방되어 일에 대한 생각을 잊고, 지금의 일에서 나를 완전히 떼어놓는다. 일과의 일시적인 단절을 통해 그 일에 대한 새로운 시각을 찾고, 일과 더욱 친해지며, 일의 소중함을 느끼는 기회로 삼는 것이 진정한 휴식이다. 휴식은 누구보다 열심히 일한 사람들, 앞으로 더 열정적으로 일할 사람들에게 필요하다.

그런데 사람들은 휴식과 생산성을 전혀 다른 것으로 생각한다. 휴식도 그 생산 과정의 일부로 받아들여야 한다. 끊임없이 일만 하는 사람은 일의 양에 비례하여 결과가 주어질 것으로 생각한다. 그러나 쉼 없는 일은 정도가 지나치면 오히려 일의 능률을 현저히 떨어뜨리는 역효과를 낳는다. 뿐만 아니라 지나치면 모든 것이 중단되는 불행한 결과를 가져올 수도 있다. 그렇게 되면 예기치 않은 고액의 비용 부담을 안을 수 있으며, 오랫동안 일을 할 수 없는 상황에 이르기도 한다.

어디까지 방황하며 멀리 가려느냐?
보라, 좋은 것은 여기에 있느니,
행복을 차지하는 법을 배워두어라.
행복이란 늘 네 곁에 있는 것을.

— 괴테, 〈경고〉

기계가 아닌 우리에게 휴식은 필수불가결하다. 휴식을 통해 피로했던 몸의 활기를 얻고 마음을 가볍게 해야 한다. 주말에 이어진 휴식 시간을 보내고 월요일이 되면 오히려 더 몸이 무겁고 찌뿌드드할 때가 있다. 휴식을 취하고도 몸이나 정신의 피로가 풀리지 않았다면 그것은 진정한 휴식이 아니다.

"휴일이란 인간에게 주어진 것이다. 인간이 휴일에게 주어진 것이 아니다."라고 《탈무드》에 기록되어 있다. 우리는 휴일을 지배하기보다 휴일의 지배를 당하며 산다. 휴일에 대한, 휴식에 대한 자기 관념이 제

우리 삶에도 잠시 멈춤의 순간들이 필요하다.
요컨대 삶에의 휴식이다.

대로 정립되어야 한다. 그래서 휴일이나 휴식을 제대로 활용하고 누릴 수 있어야 한다.

휴식이란 자신의 일과는 관계없는 즐거운 활동 자체가 될 수 있다. 바쁨에서 벗어나는 일, 지금의 일에서 벗어나는 일이되, 내가 즐겁게 몰두할 수 있는 다른 활동을 통해 몸을 즐겁게 만들고, 마음을 즐겁게 만드는 것, 그것이 진정한 휴식이다. 휴식은 열심히 일한 사람이 누릴 수 있는 시간이며, 다시 일을 할 때 더 활기차고 창의적으로 일할 수 있도록 돕는 시간들이다.

일을 잘하는 사람은 적절히 휴식을 즐길 줄 아는 사람이다. 휴식은 마음의 여유를 가져다줄 뿐만 아니라 나 자신과 지금 진행되는 일에 대해 다시 한 번 돌아볼 수 있는 계기를 마련해준다. 또한 마음의 여유라는 윤활유가 생각지도 못한 창의성을 발휘하는 소중한 시간이 되기도 한다. 휴식은 그 일과 보다 더 친해져서 일을 즐기며, 자신이 하고 있는 일에 진정한 의미부여를 하는 활동이어야 한다. 절반의 인생을 산 지금, 인생 3라운드를 준비하는 우리는 이 삶의 한가운데서 휴식을 취해야 한다. 앞으로 더 힘차게 달려가기 위해서라도 잠시 휴식을 취하면서 나 자신을 수리하고 잘 정비하는 시간이 필요하다.

"일만 하고 휴식을 모르는 사람은 브레이크 없는 자동차와 같아서 너무도 위험하다. 또한 일할 줄 모르는 사람은 모터가 없는 자동차처럼 아무 쓸모가 없다."
-J. 포드

5

중년, 고장 난 돈 버는 기계

중년이란 표현은 왠지 정겹지 않다. 그래서 사람들은 '인생 제2막'이라느니 '인생 후반기'라고 표현을 한다. 어떤 단어로 표현하든 청년과 노년 사이에 있는 우리는 중년이다. 중년은 인생에서 가장 빛나는 시기면서도 한편으로는 가장 서글프고 어려운 시기다. 인생의 참맛을 알기 시작하는 때여서 그렇고, 절반을 넘어 반환점을 돌아선 시기여서 그렇다.

인생의 참맛! 그것을 안다는 것은 긍정적인 의미로 다가온다. 하지만 안다는 것은 때로 우리를 서글프게 하기도 한다. 슬픈 존재를 알아가는 것이니까 말이다. 인간의 본질은 알면 알수록 서글프다. 반환점을 돌고 나면 패기도 꺾이고 육체적인 힘도 꺾인다. 전체적으로 힘이 약해지니까 정신적으로 위축되는 것은 당연하다. 그래서 안다는 것은 슬프다. 지적인 앎과 인생에 대한 앎은 이런 차이가 있다.

반환점을 돌고 나면 생각의 구조도 달라진다. 이전까지는 좌우 살펴볼 겨를 없이 앞만 보며 달려왔다. 앞만 보고 달리기에도 바빴으므로 지난 일을 되새김할 여유도 없었다. 그러나 지금은 내가 하고자 해도 세상이 내게서 일을 빼앗아가려는 시점이다. 원하는 일을 빼앗기지 않으려 전전긍긍하면서 할 일이 산적했던 지난날을 돌아본다. 실패해도 다시 시작할 수 있는 열정이 있고, 넘어져도 다시 일어날 힘이 있고, 뒤처져도 다시 따라잡을 시간이 있던 그날들이 그립다. 그 패기와 열정, 도전정신이 그립다.

'서른 즈음'이 잊으면서 사는 나이라면 '마흔 즈음'은 지난 추억을 다시 파먹으며 사는 때다. '왕년엔 내가', '이전에는 내가' 하며 호기를 부리기도 하지만 지난날은 결코 다시 돌아오지 않는다. 그래서 앞을 보면 더 막막한 미래가 눈앞에 있다. 이제껏 내가 해온 일들에서 손을 떼라고 사회는 나를 밀어낸다. 경험과 지혜를 합친 경륜이 있다고 우겨보지만 그건 통하지 않는다. 그들이 보기에 생산성은 이미 저하되었다. 설령 예전보다 생산성이 못하지 않다고 해도 그들이 볼 때 나는 비생산적이다. 연륜이 있는 만큼 일꾼으로 대하기에도 껄끄럽고, 그에 걸맞은 대우를 해야 하기에 부담스럽다. 그래서 중년이란 나이의 앞은 암울하다.

마지막으로 상냥하게

견고한 성채의 담으로부터

단단한 자물쇠 고리로부터

꼭 닫힌 문의 보존으로부터 나를 놓아주십시오.

나를 소리 없이 미끄러지듯 나아가게 해주세요.

자물쇠를 따는 부드러운 열쇠로

한 속삭임의 문으로 열게 하십시오.

－월트 휘트먼(Walt Whitman), 〈마지막 기원〉

그만큼 일했으면 이제 쉴 때도 됐건만, 자유로울 때도 됐건만 자유롭지도 않으며 쉴 여유조차도 없다. 사회에서 벗어나려 해도 벗어나기는커녕 오히려 더 마음은 무겁다. 시간이 가면 꼬박꼬박 나오던 월급도 나오지 않는다. 돈이 들어올 때는 크게 느껴지지 않던 뭔가의 지출도 직장을 벗어나고 보면 크게 구멍이 난다. 마치 고장 난 기계처럼 불안해진다. 인생 제 2막 또는 3라운드를 준비해야 한다고 마음을 먹었지만 미룬 것 같지도 않은데 벌써 은퇴의 시점이다. 사회로부터의 퇴출이 서글프다. 사회와 나의 생각의 괴리가 나를 힘들게 한다.

사회에서 내게 요구하는 변화와 연륜은 서로 어긋나 있다. 나는 관성의 법칙에 의해 생존 투쟁을 한다고 하지만 사회에서 볼 때 나의 모습은 가소로운 반항에 불과하다. 이날이 오기 전에 나는 변했어야 한다. 아니면 사회가 나에게 맞춰 변했어야 한다. 냉혹한 현실 앞에서 중년은 할 말을 잊는다. 프란츠 카프카(Franz Kafka)의 《변신》에 나오는 주인공처럼 나는 이미 사회의 벌레로 전락하는 중이다.

이런 나를 누가 위로해주지? 주위의 원군을 찾아본다. 가족들은 진정한 내 편이다. 나를 사랑하는 가족들은 사회에서 밀려나는 나를 여전히 응원하는 훌륭한 지원군이다. 하지만 가정에서도 나는 변해야 한다. 이대로 나를 유지하는 것은 무능의 소치이며 퇴보이다. 현상유지를 하고 있다고 생각하지만 현상유지는 곧 퇴보를 의미한다. 뭔가 새로운 일에 도전할 때 더 많은 에너지가 발생되고 삶의 의욕을 가질 수 있다. 중년이라는 무기력한 용어에서 벗어나려면 이제까지와는 전혀 다른 삶에 도전하는 것이 좋다. 이른바 '익숙한 것과 결별'하고 낯선 것에서 설렘을 얻어야 한다. 그래야 '마음은 20대'라는 말이 부끄럽지 않다.

고전 비극에서 영웅들이 무엇을 선택하느냐에 따라 그들의 인생의 결과가 정해졌듯이, 우리에게도 선택은 중요하다. 선택이 우리 자신을 만들어가는 것이니 말이다. 과거의 선택이 지금의 나를 만들어놓았다. 지금의 내가 대견스럽다면 과거의 내 선택이 훌륭했던 결과다. 지금의 내가 불만스럽고 후회막급이라면 과거의 선택은 잘못되었다. 그런들 어쩌겠는가. 이미 지난 것은 복원이 불가능한 것을. 그렇다고 절망만

하고 후회해서도 안 되고 그럴 필요도 없다. 과거를 거울삼아 지금 잘 선택하면 된다. 지금의 선택들이 미래의 나를 만들어갈 테니까. 샌드위치처럼 노년과 청년 사이에 끼어 있지만, 그럼에도 중년은 빛나야 한다. 갈등하면서 제 역할을 찾으려는 우리가 있기에 사회는 유지되고 제대로 돌아가게 될 것이다.

남이 알아주든 말든 그건 상관할 바가 아니다. 자본주의 하에서 벌레로 낙인찍히기 전에 중년의 성장통을 넘어 나비로 변신해야 한다. 누군가에게 부담이 되는 존재가 아니라 꼭 필요한 존재가 되어야 한다. 그 길은 강요에 의한 변신이 아니라 스스로의 변신이다. 두려움을 떨치고, 익숙한 일상에서 털고 일어나 새로운 일에 도전하는 일이다. 이제는 중년의 범위를 위아래로 넓혀 생각해야 한다. 100세 시대에는 인생을 전반기와 후반기로 나누거나 초년, 중년, 말년으로 나누는 것도 무리이기 때문이다. 중년을 위와 아래로 확대하여 다시 2등분으로 나누어, 인생 전체를 4라운드로 보아야 한다. 이를테면 중년은 2라운드와 3라운드로 나누어져야 한다. 그리고 그 구분에 맞추어 삶의 설계도 잘 해나가야 한다. 두렵다고? 두려워하는 순간 이미 갇혀버린다. 인생은 한 번 사는 것이다.

"용기는 아주 중요하다. 용기란 근육과 같아서 사용함으로써 강해진다."
–루시 고든(Lucy Gordon)

6
마음은 언제나
20대 젊은이

"지금 이 순간은 나에게 가장 경험이 풍부한 시간이다. 지금 이 순간은 나에게 살 시간이 가장 많이 남은 순간이다. 지금 이 순간은 나에겐 가장 젊은 순간이다."

어느 관점에서 보느냐에 따라 위의 세 문장은 맞는 말이다. 과거를 되짚어보면 지금이 나에겐 가장 경험이 많은 시점이고, 미래로 보면 가장 젊은 순간이며 살아갈 시간이 가장 많이 남아 있는 순간이기도 하다. 고로 지금이 나에겐 가장 위대하며, 가장 소중한 순간이다.

사람은 누구나 어린 시절이 있고, 또 늙어가는 세월이 있다. 유한한 존재인 우리에게 시간은 참 소중한 것임에도 우리는 때로 무의미하게 시간을 보낸다. 살아 있는 순간을 당연한 일상으로 여길 뿐 기적으로 생각하지 않는다. 젊음, 그것은 살아 숨 쉬는 순간을 기적으로 여기는 일이다. 때로 삶에 긴장을 느끼며, 언제나 꿈을 간직하며 사는 일이다.

　나이는 어려도 제법 철이 빨리 들어 어른스러운 아이가 있다. 그 아이는 세상을 생각하며 사는 아이다. 반면 나이는 들만큼 들어서 어른이 분명한데, 하는 생각이나 행동은 전혀 어른답지 못하고 어린애처럼 사는 어른이 있다. 그는 생각 없이 사는 어른이다. 또한 노인이면서도 노인답지 않게 활발한 활동을 하며 열정적으로 생활하는 이들도 있다. 결국 세상을 사는 모습은 나이보다 삶의 자세가 중요한 것이다. 평균적으로 보면 모두들 나이에 걸맞게 살지만 그중 특별한 이들이 있다. 그 특별한 사람이 내가 되지 말라는 법은 없다.

　중년이란 나이는 특히 생각이 많은 시기다. 그래서 일탈의 유혹도 많다. 정체성을 잃고, 아노미에 빠지는 시기이기도 하다. 마음은 아직 이팔청춘인데, 몸은 급격히 하락의 길을 걷고 있어서 우울해지는 시기, 그래서 쓸쓸함을 위로받고 싶어 유혹에도 잘 넘어가는 시기다. 이 시기를 잘 넘기지 못하면 부쩍 늙게 되고, 잘 넘기면 보다 젊음을 유지하며 살 수 있다.

　사무엘 울만(Samuel Ullman)은 그의 시 〈청춘〉에서 젊음과 노년을 이렇게 정의한다.

　청춘이란 인생의 어느 기간이 아니라 마음가짐을 말한다.

장밋빛 볼, 붉은 입술, 나긋나긋한 무릎이 아니라
씩씩한 의지, 풍부한 상상력, 불타오르는 정열을 가리킨다.

인생이란 깊은 샘의 신선함을 이르는 말이다.
청춘이란 두려움을 물리치는 용기
안이함을 선호하는 마음을 뿌리치는 모험심을 의미한다.
때로는 20세 청년보다 60세 인간에게 청춘이 있다.
이상을 버릴 때 비로소 늙는다.

세월의 흐름에 따른 피부의 노화를 막을 수는 없다. 하지만 마음마저 노화하도록 버려둘 필요는 없다. 몸이 늙는다고 마음마저 늙는다면 그건 억울한 일이다. 나이와 관계없이 삶에서 어느 정도 긴장감을 유지하며 살면 우리는 늘 젊은이다운 마음을 유지할 수 있다. 물론 그러려면 나이가 들수록 좀 더 용기를, 열정을 가지려 매사에 부지런을 떨어야 한다. 젊음은 애쓰지 않아도 열정을 가질 수 있고 꿈을 가질 수 있지만 세월은 그러한 열정과 꿈을 조금씩 훔쳐가는 좀도둑이기 때문이다. 세월이 열정과 꿈을 도둑질하지 못하도록 나이가 들수록 더 빨리 움직이려 애쓰고 좀 더 부지런하려 애써야 한다. 그렇게 하여 좋은 습관을 가지면 우리는 늘 젊음을 유지하며 살 수 있다.

세월은 피부에 주름살을 늘리지만

열정을 잃으면 영혼이 주름진다.

고뇌, 공포, 실망에 의해서 기력은 땅을 기고 정신은 먼지가 돼버

린다.

60세든 16세든 인간의 가슴 속에는 경이에 이끌리는 마음,

어린애와 같은 미래에 대한 탐구심, 인생에 대한 흥미와 환희가

있다.

　신은 우리의 몸을 세월에 따라 늙게 했지만 마음의 상태는 우리에

게 맡겨두었다. 그러므로 마음을 젊게 하거나 늙게 하는 것은 신에게

있는 것이 아니라 우리 자신들에게 달려 있다. 몸이 늙어간다고 마음

마저 늙게 버려두는 것은 자신에 대한 유기다. 누구에게나 주어진 시

간은 지금이란 시점에서는 동일하다. 남은 시간의 길이가 젊은이에게

더 길 것이란 생각은 가능성일 뿐 실제 남은 시간은 동일하다. 떠날 때

는 선후배가 따로 없으니까.

　우리 모두의 가슴에 있는 '무선 우체국'을 통해

사람들과 하느님으로부터 아름다움, 희망, 격려, 용기, 힘의

영감을 받는 한 그대는 젊다.

영감이 끊기고, 영혼이 비난의 눈으로 덮이며 비탄의 얼음에 갇
힐 때
20대라도 인간은 늙지만
머리를 높이 치켜들고 희망의 물결을 붙잡는 한
80세라도 인간은 청춘으로 남는다.

나이는 젊어도 노인보다 열정이 없이 무의미하게 사는 이들이 있
다. 패기도 열정도 꿈도 없이 그저 일상을 따라 사는 이들이다. 하루를
살았으니 다행으로 여기고, 한 달을 살았으니 월급을 받은 것을 다행
으로 여긴다. 그렇게 소중한 시간들을 일상으로 여기며 사는 이들이
다. 신체적으로는 젊으나 이미 마음은 무기력한 노인이다.

나이가 들어 신체적으로는 노인이어도 열정을 갖고 사는 이들이 있
다. 늘 무엇이든 배우려 애쓰고, 온갖 호기심을 가지고 탐구하는 이들
이다. 무엇엔가 희망을 걸고 사는 사람들, 어떤 꿈이든 간직한 사람들,
늘 무엇인가 공부하는 사람들, 무엇에든 도전하는 사람들, 그들은 신
체적으로는 노인이어도 마음은 여전히 청춘이다.

젊은 마음으로 사는 이들은 언제나 행복한 사람들이다. 늘 공부하
는 사람들의 마음은 언제나 청춘 그대로다. 나이가 마음까지 늙게 하
는 것이 아니다. 열정, 희망, 호기심, 꿈, 공부, 이러한 단어를 품고 사
는 한 우리는 나이가 들어도 늙지 않으며, 늘 청춘의 마음으로 살아갈

20대라도 인간은 늙지만
머리를 높이 치켜들고 희망의 물결을 붙잡는 한
80세라도 인간은 청춘으로 남는다.

수 있다. 그리고 이것이 행복을 추구하는 삶이다. 행복, 중년의 나이에 그것은 일에서 찾아야 한다. 일을 즐기는 것은 젊음을 유지하는 일이며, 행복을 보장받는 일이다.

행복한 사람들은 일을 즐기는 사람들이다. 앉아서 대우를 받으며 살려는 순간 이미 불행의 문을 열고 들어가는 것과 같다. 사람이란 앉으면 눕고 싶고, 누우면 잠들고 싶고 게을러지는 것이 당연하다. 게으름은 게으름을 불러 마음을 늙게 만들고, 부지런함은 부지런을 불러 점점 열정을 갖게 해준다.

인간에게 주어지는 행복은 주로 일 속에 있다. 행복은 게으름 속에서는 숨이 막혀 견디지 못한다. 행복은 부지런히 일을 하거나 뭔가를 알고 싶어 하는 이들에게 주어지는 보너스와 같다. 마음의 움직임, 신체의 움직임은 우리에게 젊음을 유지하게 해주지만 마음의 게으름, 신체의 게으름은 우리를 무기력하게 만든다. 20대이면서 마음은 60대로 살건 신체는 60대라도 마음은 20대로 살건, 마음의 나이는 각자의 마음먹기에 달려 있다. 실제로 우리를 지배하는 건 몸이 아니라 마음의

"50대에서 20대 때 가졌던 것과 같은 세계관을 갖고 있는 사람은 자기 생애의 30년을 낭비해온 셈이 된다."
— 무하마드 알리(Muhammad Ali)

문제이니 늙은이로 살건 젊은이로 살건 순전히 자신의 몫이다. 열심히
움직이는 이들만이 행복을 차지할 수 있다.

7
인생 3라운드를 향하며
추억을 무기 삼아 살아간다

"저만치 멀어져 간다."

인생이란 계단을 따라 올라가는 순간들의 집합이다. 나이에 따른 삶의 파노라마가 여지없이 펼쳐진다. 지금 이 나이에 세상 모든 이치를 누구보다 잘 깨닫고 있는 것 같지만 살아보면 그것이 아니었음을 안다.

아무리 성숙한 10대라 해도 그는 10대일 수밖에 없다. 그가 20대의 자신을 미리 살 수는 없다. 다 이해하는 것처럼 어른스럽게 이야기해도 그는 10대일뿐이다. 30대에 접어들면서 나도 그랬다. 세상을 잘 아는 것처럼 건방을 떨었다. 40대를 사는 사람들보다 더 성숙한 사고를 가졌고, 그들보다 더 사색적인 인간으로 여겼다. 하지만 40대를 살고 나자 살아보지 않고는 그 무엇도 이야기할 수 없음을 깨달았다.

그저 평균치는 있는 것 같다. 〈서른 즈음에〉란 노래에서 말하듯이 서른이란 나이는 잊으며 살고 있는 나이인 것 같다. 10대가 자기만을 생각하며 살았다면, 20대는 사랑하는 사람과의 관계, 나를 둘러싼 사람들과의 관계에 몰두하며 앞만 보며 달려왔다. 그러다 30대가 되면서 가족의 중요성을 알고 가족에 매여 산다. 관계 맺어지고, 길들여진 것 외에는 잊으며 살아간다. 하나 둘 지우며 산다. 잊으며 산다. 서서히 내가 길들인 것들에 대한 짐을 꾸려 짊어질 채비를 한다.

시인 하우스만(A. E. Housman)은 스물한 살 때를 이렇게 노래했다.

내 나이 스물하나였을 때
어느 현명한 사람이 말했다.
은화나 금화는 주어도 좋으나
결코 네 마음은 주지 마라.
진주나 루비는 주어도
내 사랑은 너에게 간직해둘 테니
하지만 내 나인 스물하나였고,
나는 하나도 귀담아 듣지 않았다.

젊음은 오만하다. 무엇이든 해낼 수 있고, 설령 무엇을 하다 실패하더라도 얼마든 기회가 있을 거란 생각이 있을 때, 그래서 젊음은 오만하다. 웬만한 충고 따위는 귀에 들어오지 않는다. 잔소리일 뿐이고, 쓰잘 데 없는 기우인 것 같아 반발심만 생긴다. 충고에 따르지 않아도 넘쳐나는 힘으로 무엇이든 해낼 것 같다. 그런 자신감은 젊음의 특권이다. 때로 도전해서 넘어지고 깨어지는 것도 젊은 날엔 괜찮다. 하지만 시행착오를 줄이고 싶다면 다른 이들의 말에 귀를 열어두어야 한다. 직접 깨져본 경험만큼 소중한 지혜를 얻을 수는 없지만 우리에게 많은 시행착오를 되풀이할 시간도 없다는 걸 인식해야 한다.

> 내 나이 스물하나였을 때
> 나는 그가 다시 말하는 것을 들었다.
> 가슴 속 깊이 간직한 네 마음을
> 결코 헛되이 보여주지 말라.
> 그것은 수많은 한숨으로 값을 지불하고
> 무한한 슬픔에 팔리는 것이니까.

세상이 빨리 돌아간다. 그래서 시행착오를 자주 되풀이할 시간이 많지 않다. 자칫 젊음이란 객기만 가지고 어떤 일에 도전하고 뛰어들다 보면 치명타를 입고 재기불능상태에 빠질 수 있다. 그때엔 자신이 얼마나 한심했는지를 후회하며 많은 한숨을 지어야 한다. 때로는 인생의 선배들로부터 진지한 조언을 듣고 마음에 새길 줄도 알아야 한다.

어른들의 잔소리란 없다. 어떻게 받아들이느냐의 문제이다.

나이가 들어가는 일은 그다지 유쾌하지 않다. 물론 어렸을 때는 빨리 어른이 되어 멋진 일도 해보고, 멋진 모험, 낭만적인 사랑도 해보고 싶어 빨리 어른이 되고 싶었다. 하지만 중년이 되면서는 나이 들어가는 것이 슬프다. 그렇다고 나이를 거부할 수도 없다. 나이 들면서 덜 고독하고 덜 슬퍼지려면 내 삶의 기준을 낮추는 수밖에 없다.

나의 표어는 '기준을 낮추자'이다. 누군가는 늘 빵을 손이 닿지 않는 곳에 둔다. 우리는 사다리에서 떨어지는 것에 지쳤다. 아이는 그림을 그릴 수 없다고 누가 말했던가? 프로는 돈 때문에 일을 하는 걸! 기준을 낮추자. 누구나 시를 즐기도록 하자. 이상, 깃발, 회의의 종, 도덕, 장군모자 위에 풀어놓은 달걀을 때려 부수자. 내 말은 옳다. 기준을 낮추자. 스타일을 너무 중시하는 태도를 배척하자. 팔려고 내놓은 작은 구역의 땅에 잡초가 자라도록 하자. 도서관 정면에 새긴 이름들, 초등학교 선생님들을 겁주는 그 이름들, U자가 V자처럼 새겨진 그 이름들을 퍼티로 메워버리자. 신토피콘과 하버드 클래식을 불태워버리자. 고전과 군함과 러시아 발레와 국가들에 대한 기준을 낮추자. 밑바닥까지 내려가자. 아무런 언어도 모르는, 우리말도 모르는, 외지인처럼 멋 부리지 말자. 교구회 의자에 앉아 있는 시인들을 호되게 꾸짖

자. 냉장된 몽상가들의 사원을 손질하자. 문화라는 마차에서 내리자. 원하는 대로 걷는 법을 배우자. 어깨에 힘을 빼고, 배는 쑥 내밀고, 팔은 탁자 위에 양껏 펼치자. 이렇게 하려면 얼마나 많은 세대가 걸릴까? 그런 생각하지 말고 그저 시작이나 해보자. 그 주위를 걸어 돌아다닐 수 있는 것은 부수지 말자. 다만 그것을 집어 들지는 말자. 중력의 법칙은 예술의 법칙이다. 사람이 먼저고 시가 두번째고, 선, 미, 진은 맨 마지막이다. 그 친구가 말했듯, 우리는 서로 사랑해야 한다. 그렇지 않으면 죽으리라.

―칼 샤피로(Karl Shapiro)

40대에 접어들면서는 생각의 질이 달라진다. 인생의 절반을 살았다는 쓸쓸함이 다가온다. 30대에는 잊고 사는 것이 주였다면 40이란 나이는 지난 것을 추억하고 아쉬워하며 산다. 추억을 이야기하며 추억을 에너지 삼아 산다. 어머니가 차려주었던 밥상이 그리워 어렸을 적 즐겨 먹었던, 또는 지겹도록 먹었던 음식이 다시 입맛을 당기게도 한다.

생각이 깊어지면서 삶의 짐도 무거움을 느낀다. 혼자였다면 일도 아니었던 것이 이제는 본가에서 일어나는 모든 일에 참여해야 하고, 처가의 대소사에도 참여해야 한다. 이렇게 앞뒤좌우를 살피며 살아가야 하는 40이란 나이, 이제야 인생을 좀 알아가는 것 같다.

인생의 계단을 하나둘 올라서면 늘 새로운 세계가 펼쳐진다. 자주 오르던 산처럼 정겹고 익숙한 정경들만 있지 않고 새롭고 낯선 세계들이 펼쳐진다. 우리 모두는 그렇게 살아간다.

내가 경험해야 할 미래는 속속들이 다가온다. 경험할 세계들, 낯선 세계들이 많이 주어질수록 다복할 터이다. 그 세대들을 다 살아 보지도 못하고 가는 이들이 얼마나 많던가. 나에게 걸맞게만 살아도 그럭저럭 괜찮은 삶이다. 나이값이 뭐 그리 자랑할 건 아니지만 나이값도 못하고 사는 사람 또한 얼마나 많은가. 억지로 어린 척 젊은 척하며 사는 것도 꼴불견이고, 너무 가볍게 사는 것도 꼴불견, 나이를 무기삼아 다른 이를 누르려 하는 것도 꼴불견이다. 계단을 오르듯이 오른 만큼 지혜의 양을 늘리며 살아야 한다. 그렇다고 어른스럽게 늙겠다며 스스로 늙게 살 필요도 없다.

사람은 꽃과 달라서 아무리 오래 살아도 완벽한 열매를 맺을 수는 없지만 오래 살면 살수록 그 나이만큼의 체험을 한다. 나이를 생각하면 쓸쓸해지는 시기를 나는 살고 있다. 그래도 나를 위로해주는 한마디는 "지금 이 순간이 내 삶에 있어서 가장 젊은 순간"이라는 문장이다.

"인생은 생각하는 사람에게는 희극이다. 하지만 느끼는 사람에게는 비극이다. 인생은 실상 때로는 비극이지만 자주 희극이 되기도 한다. 그러나 대체로 우리가 선택하는 대로 된다."
– 월폴

8
사무실의 내 책상,
한 평 돛단배 같은 나의 존재의미

"경비가 해제되었습니다. 이젠 들어가도 좋습니다."

아침에 출근해서 문을 열기 위해 일단 세콤 장치의 경비해제를 한다. 문을 열고 들어가면 하루의 일과가 시작된다. 나의 일을 위해 마련된 책상 하나에 나의 세계가 펼쳐진다. 이 책상 하나가 나를 가두고 내삶을 컨트롤한다. 어쩌면 지금의 책상은 내가 원해서 선택한 것이 아닐 수도 있다. 지금 하는 일이 적성에 맞지 않아서 얼마나 떠나려 했던가. 그러나 현실이라는 괴물이 내 발목에 족쇄를 채워 지금 여기에 머물러 있다.

나의 선택은 나를 위한 선택, 내 행복을 위한 선택이라기보다 평생먹어도 채워지지 않는 나의 시장기와 갈증의 입을 채워주는 선택으로 전락했다. 좀 더 일찍 다른 선택을 했어야 했다. 나를 지지하는 사람이 한 사람이라도 적었던 순간에, 나를 향해 박수치거나 응원하는 사람이 적었던 순간에 떠나는 것이 좋았다.

시간이 흐를수록 응원하는 숫자는 늘어난다. 그 숫자가 늘어날수록 나를 여기에 앉혀두려는 사람도 늘어날 뿐이다. 이제는 내가 내 일을 선택하는 것이 아니다. 다른 사람이 내 일을 선택하고, 여기에 꼼짝 못하도록 나를 앉혀놓는다. 이건 내 삶이 아니라고 외쳐도 공허한 울림일 뿐이다.

경비가 해제됐다고 내가 자유를 얻은 것은 아니다. 그 공간에 나를 가두겠다는 공갈일 뿐이다. 해제된 공간으로 자유를 찾아들어가는 것이 아니라 나의 인내심을 시험하러 들어가는 것이다. 그곳에 있는 한 평도 되지 않는 책상이 나의 공간이다. 거기에 내 꿈을 묻고 산다. 이 꿈 알이 자라서 이 책상을 접고 세상으로, 경비 구역이 아닌 곳으로 나아갈 수 있을지는 미지수다. 이 작은 책상, 나의 일이 안겨져 있는 이 책상은 아주 넓은 망망대해에 떠 있는 극히 작고 의지할 곳도 없이 떠도는 불안한 돛단배에 불과할 뿐이다. 젊은 날의 꿈을 싣고 떠나보려는 위태위태한 작은 돛단배, 그 배의 주인도 제대로 되지 못한 채, 나보다 작은 책상을 가진 이들을 때로는 무시하기도 하면서, 이 소갈머리 없는 책상머리를 떠나지 못한다. 나를 응원하는 아내와 사랑하는 자식들의 강요를 이기지 못하고 이 작은 돛단배나마 잃을까봐 죽치고 앉아 있는 젊음의 세월이 흐른다.

나 두 야 간다.
나의 이 젊은 나이를
눈물로야 보낼 거냐.
나 두 야 가련다.
……
버리고 가는 이도 못 잊는 마음
쫓겨 가는 마음인들 무어 다를 거냐.
돌아다보는 구름에는 바람이 희살 짓는다.
앞대일 언덕인들 마련이나 있을 거냐.

박용철 시인이 노래한 〈떠나가는 배〉이다.

다분히 쉴 수 있을 것 같은 항구를 찾는다. 항구는 작은 돛단배에게 그저 바다 위에 떠 있으라고 한다. 나를 응원한다며 자리에 붙박아놓고 위태로운 내 삶을 방관한다. 어느 날 이 작은 책상이라는 배가 난파된다면, 그때 내가 작은 조각 하나를 추억이라고 주워들고 그들에게 돌아간다면, 그때도 그들이 나를 반갑게 맞아줄까. 나는 내 멋대로의 삶을 그때부터라도 살아갈 수 있을까! 그럴 수 있다면 나는 이 돛단배 같은 책상머리에 악착같이 붙어 앉아 나를 위해, 그들을 위해 기꺼이

젊은 날의 꿈을 싣고 떠나보려는 위태위태한 작은 돛단배,
그 배의 주인도 제대로 되지 못한 채,
나보다 작은 책상을 가진 이들을 때로는 무시하기도 하면서,
이 소갈머리 없는 책상머리를 떠나지 못한다.

즐거운 항해를 할 수 있다. 곡예를 하면서라도 나는 이 삶을 즐길 것이다. 그러나 그날에, 내가 나를 선택할 수 있는 기회가 오기는 할 건가. 내 적성이 아니었다고, 잘못 선택한 것이었다고, 그때 당당하게 말하며 진짜 내 삶을 선택할 수 있을까.

그래도 내 삶은 초라해선 안 된다. 쓰러지는 삶이어서도 안 된다. 내 젊음, 조금이라도 더 젊은 시절에 내 책상머리에 앉아 성찰의 시간을 가져야 한다. 진정 내게 소중한 것이 무엇인지, 내 중요한 삶의 가치를 어디에 두어야 할지 그런 고민이라도 해봐야 한다. 그래서 진정한 삶의 가치를 하루라도 빨리 찾아야 한다.

"저 평화로운 웅성거림은 도시에서 오는 것을……."

평화로운 웅성거림이 도시에서 오는 것임을 깨달았던 프랑스 시인 폴 베를렌느(Paul-Marie Verlaine)처럼 우리 삶의 소중한 가치를 삶 자체에서 찾아야 하는 것이라면, 더는 방황하지 말고 이 책상을 지키면서도 또 다른 세계를 기웃거리는 이중의 삶을 살아야 한다.

내가 책상을 지켜야 하는 시간은 하루 10시간이면 족하다. 나머지 시간 동안은 경비 시스템이 잘 지켜줄 테니 그 남은 시간에라도 나는 선택해야 한다.

"뭘 했니? 거기에 있는 너는 네 젊음을 가지고 뭘 했니?"라고 물을 때 나를 이 작은 돛단배에 가두어둔 이들을 핑계 댈 것이 아니라 당당하게 박수치며 내가 해놓은 일을 말할 수 있어야 한다. 그렇게 살지 않으면 신으로부터 부여받은 내 인생이 너무 억울하다.

"경비가 개시되었습니다."라는 말과 함께 내 책상을 경비시스템에 맡기고 나오면 나는 내일 아침까지 자유다. 낮 동안 항해하던 돛단배를 잊고, 내가 원하는 세계를 찾아나선다. 내가 먼저 나의 다른 배를 찾아야 한다. 강요에 못 이겨 하선하면 나는 이미 무기력한 존재가 된다. 망망대해에서 방향마저 잡지 못한 채 떠돌며 가족은커녕 자신조차 건사하지 못하는 가련한 처지로 전락하고 만다. 세상이 변하는 속도를 앞지르지는 못하더라도 최소한 그 변화에 근접이라도 해야 한다. 내가 주체가 되어 제 길을 선택해야 한다. 선택의 기회마저 박탈당하고 강요에 의한 선택을 해야 한다면, 그 앞에는 시련만이 남고 거듭되는 속박 속에 무기력한 존재가 되고 말테니까.

"살아가다가 '이제는' 하고 두 다리 쭉 뻗고 숨을 돌릴 때가 있다. 그러나 그런 때가 도리어 위태롭다. 큰일을 이룬 뒤에 안도의 숨을 돌리는 것은 이해하지만 공든 탑이 작은 일로 인해서 무너진다는 것을 잊어선 안 된다."
-윌슨

9
삶이 그대를
속일지라도

삶은 나를 속이지 않는다, 내가 삶을 속일 뿐이다. 세상 살아가는 일이 내 뜻대로 되지만은 않는다. 때로는 하는 일마다 되는 게 없을 정도로 지지리 일이 안 풀릴 때도 많다. 그러다보면 뭘 해도 결국은 안 될 것 같은 패배감에 사로잡힌다. 그 마음으로는 무엇을 하든 될 일도 안 된다. 마음에서 내키지 않으면 해보나 마나 실패한 일이다. 모든 일을 내 손이 하는 것 같고, 내 발이 하는 것 같지만 실상 모든 것은 내 마음에 달려 있다.

그러니 내 마음에 부정적인 것들만 가득 차 있으면 이미 그 일은 그르친 것이다. 안 될 것이란 마음이 나를 지배하고 있으면 일의 능률은 현저히 떨어질 수밖에 없다. 축구 경기에서 빈 공간에 공이 떨어졌을 때, 두 사람의 스피드가 비슷하다면 용기 있게 달려드는 사람이 먼저 공을 잡을 수밖에 없다. 멈칫 하는 순간 상대는 나보다 한 발짝 이상을 달릴 수 있기 때문이다.

상황이 나를 불행하게 하고 나의 일을 안 되게 하는 것 같지만 사실 원인은 상황이 아니라 내 마음이다. 내 마음에 실패할지 모른다는 두려움이 자리 잡고 있으면 행동할 용기도 생기지 않고, 하는 일마다 안 될 것 같은 불안함 때문에 무슨 일에도 도전할 수 없다.

삶이란 내가 생각하는 대로 흘러간다. 내 마음의 상태대로 흘러간다. 미래가 현재처럼 힘겹고 앞이 꽉 막힌 것처럼 다가온다면 나는 더 이상 살아갈 용기를 낼 수 없을지도 모른다. 그렇다고 세상을 포기하기엔 너무 억울하다.

이 세상은 단 한 번만 주어진 유일한 기회, 그래서 이 기회가 더 없이 소중하다. 종교는 이승이 아닌 저세상에 아름다운 세계가 있는 것으로 유혹하지만, 만약 그렇지 않고 완전 소멸되어버리는 존재라면 얼마나 허무할 것인가. 그러니 지금 남아 있는 이 세상에서의 삶을 어떻게든 행복하게 이어가야 한다.

삶이 그대를 속일지라도
슬퍼하거나 노하지 말라
슬픈 날을 참고 견디면

기쁨의 날이 오리니

마음은 미래에 살고

현재는 언제나 슬픈 것

모든 것은 순간에 지나가고

지나간 것은 그리워지느니……

－푸슈킨(Aleksandr Pushkin), 〈삶이 그대를 속일지라도〉

푸슈킨의 시처럼 우리는 미래를 믿어야 한다. 단 한 번만 주어지는 소중한 기회를 한 순간이라도 부정적으로 살기엔 너무 아까운 일이다. 아무리 현실이 아프고 괴롭더라도, 최대한 행복의 조각들이라도 찾아내야 한다. 나를 행복하게 하는 건 상황이 아니라 내 마음이니까. 같은 상황이 주어져도 어떤 사람은 늘 불행만 곱씹으며 투덜대며 세상을 살지만, 어떤 이는 그 상황을 딛고 시련을 통해 내공을 키우기도 한다.

살다보면 좋은 날도 있고 나쁜 날도 있을 텐데, 부정적인 생각은 모든 순간을 불행한 것으로 받아들이게 만든다. 오르막과 내리막이 이어지며 언덕이 되고 산이 되는 것처럼 우리 삶도 일단 올라가야 내리막이 있을 텐데 오르지도 않고 불평만 하고 있는 건 아닌가.

장미꽃 피어나는 봄날에

인생은 어쩌면 한 잎 애처로운 꽃잎 같은 것일지도 모른다.
처음부터 끝까지 외로운 게 인생은 아니다.
질곡은 있지만 인생에는 반드시 오르막과 내리막이 있다.

혼자서 쓸쓸하게 있기보다는

슬픔 속에 잠김이 나으리.

장미꽃 피어나는 봄날에

쓸쓸한 내 모습을 보기보다는

슬픔으로 내 몸을 불살라

타버리는 편이 나으리.

―그라이프(Martin Greif), 〈사랑의 한숨〉

무엇을 하든 사람은 움직여야 한다. 움직이지 않으면 점점 더 무기력해지고 움직이기 싫어진다. 넘어지더라도 움직이는 것이 나으며, 실패하더라도 뭔가에 도전하는 것이 낫다. 사람은 행동하고 생각하고 도전할 때 가치 있는 존재다. 마음먹은 대로 되는 일이 없을지라도, 살아 있는 한 뭔가의 시도를 해야 한다. 그렇지 않으면 살아 있어도 살아 있는 존재가 아니다. 꿈틀거림이 있어야 살아 있는 존재다. 끊임없이 시도하고, 행동하고, 말하고, 사고하기에 살아 있는 존재다.

인생은 어쩌면 한 잎 애처로운 꽃잎 같은 것일지도 모른다. 처음부터 끝까지 외로운 게 인생은 아니다. 질곡은 있지만 인생에는 반드시 오르막과 내리막이 있다. 내 마음이 오르막도 내리막도 똑같은 상황으로 인식할 뿐이다.

사람이 강하다고 누가 말할 수 있나? 어떻게 보면 아슬아슬하게 바람에 나부끼며 당장이라도 떨어질 것 같은 저 꽃잎보다 더 맥없이 지기도 하는 것이 사람이다. 살아 움직인다고 우쭐대는 사람의 삶은 어느 순간 숨을 멎는 찰나의 삶이다. 그렇게 약하지만 한 번뿐이어서 더없이 소중한 내 삶을 그저 흐르는 대로 맡겨두며 살 수는 없다.

> 별을 노래하는 마음으로
> 모든 죽어가는 것을 사랑해야지.
> 그리고 나한테 주어진 길을
> 걸어가야겠다.
>
> — 윤동주, 〈서시〉에서

살아 숨쉬는 순간만이라도 의미있고 가치있는 삶을 살아야 하니까.

"추위에 떤 사람만이 햇볕을 따뜻하게 느낀다. 인생의 번민을 통과한 사람만이 생명의 존귀함을 안다."
— 월트 휘트먼(Walter Whitman)

제 2 부

인생 3라운드에서
부모의 길을 묻는 그대에게

1

아버지라는 짐이
버겁다고 느껴질 때

"형, 나이가 들수록 권리는 줄어들고 짐은 늘어나는 것 같아."

한 친구가 말했다. 전혀 철학적이지 못한 친구였다. 가방끈도 짧고 평범하게 살아가는 이 친구의 말에 나는 신선한 충격을 받았다.

사람은 누구나 나이 들어가며 삶의 지혜를 터득한다. 나이가 가져다주는 인생에 대한 생각은 성숙해진다는 의미다. 하지만 그 성숙이 우리 머리에 쥐가 나게 만든다. 인간조건이 그렇게 속 시원한 것이 아니라 깊이 생각할수록 인생은 서글퍼지는 거니까. 그렇게 넓은 데서 연역되는 나를 생각해보면 나는 중년의 아버지다.

나이가 들수록 삶의 짐이 무거워짐을 느낀다. 특별한 자격증이 없이 아버지가 되었다. 어렸을 적에 아버지라는 이름은 하늘처럼 높아보였다. 아버지에게는 무엇을 청하기만 하면 다 가능할 것 같았다. 떼만 쓰면 아버지는 먹을 것을 구해 올 수 있고, 졸라대면 무엇이든 가져다 줄 수 있는 존재로 여겨졌다.

내가 어른이 되고 아버지가 다시는 만날 수 없는 곳으로 가셨을 때 하늘이 무너져 내리는 것 같았다. 다른 사람은 다 떠나도 우리 아버지는 항상 곁에 계실 것 같았는데, 어느 날 몹쓸 병으로 시름시름 앓으시다 돌아가셨다.

그리고 지금 나는 아이의 아버지다. '나 아버지 맞아?' 자문해보면 참 어색하다. 아버지라는 직업 아닌 직업에 익숙해지면서 삶의 무게를 느낀다. 책임져야 할 존재들이 등에 얹혀 있는 짐처럼 제법 무게를 느끼게 한다. 아버지 노릇을 하려니 버겁다. 하지만 자격이 있든 없든, 능력이 있든 없든 나는 아이들의 아버지다. 되고 싶어 된 것이 아니어도 나는 아버지다.

아버지라는 이름을 다독여줄 사람은 아무도 없다. 그저 아버지라는 고독한 짐을 짊어지고 그 무게에 힘겨워하며 살아가야 하는 외로운 존재다. 김현승 시인은 〈아버지의 마음〉에서 다음과 같이 썼다.

바쁜 사람들도
굳센 사람들도
바람과 같던 사람들도

오늘도 나는 아버지의 자리를 메우러 집으로 돌아온다.
생활인으로서의 비루한 옷을 벗어두고 그럴듯한 아버지의 옷으로 갈아입는다.

집에 돌아오면 아버지가 된다.

그래, 그렇게 나도 집에 돌아와 아버지가 되었다. 밖에 나가서 생활할 때 나는 아버지가 아니었다. 아버지라는 사실을 잊고 생활했으니까. 집에 돌아오면서 드디어 '아빠'라는 부름과 함께 아버지로 자리하여 앉아 있다.

페르소나, 아이들이 보는 나와 내가 아는 나는 다르다. 괴리감이 크다. 밖에서 어떻게 살든 가정으로 돌아오면 나는 밖에서의 나를 감추고 아이들에게 그럴듯한 모습만 보여준다. 적당한 가면을 쓰고 괜찮은 아버지의 모습을 보여주는 것이다. 가면을 쓰지 않고도 그럴듯한 아버지가 될 수 있다면 좋으련만, 비열한 나로 살아간다. 겉과 속의 불일치로 아버지로 산다는 건 괴롭다.

어린 것들을 위하여
난로에 불을 피우고
그네에 작은 못을 박는 아버지가 된다.

저녁 바람에 문을 닫고
낙엽을 줍는 아버지가 된다.

집에 돌아와 소박한 아버지의 위치로 돌아가는 꿈을 꾸기도 한다. 그런데 세상은 소박한 아버지로 머물도록 내버려두지 않는다. 가슴 아린 아픔을 감추고, 사회에 대한 불평과 견뎌내기 어려운 생존게임에 대한 고독과 힘겨움을 얄팍한 피부 속에 억지로 구겨넣은 채 의젓한 아버지로서의 모습을 보여주려 한다. 내가 약해지면 갈피를 잡지 못할 아이들의 모습을 바라보며 애써 아버지다운 모습을 유지한다. 그것이 아버지의 겉모습이다.

집에 돌아오면 밖에서 시달리며 잃어버렸던 아버지로서의 품위를 되찾기도 한다. 그리고 아버지가 되려면 적당한 위선도 필요하고, 어느 정도의 허풍도 필요하다는 것을 배워간다. 어쩌면 아이들과 아내도 어느 정도 그런 것을 눈치 채고 적당히 눈감아주는지도 모른다. 그렇게 아버지의 모습을 갖추어간다.

세상이 시끄러우면
줄에 앉은 참새의 마음으로
아버지는 어린 것들의 앞날을 생각한다.
어린 것들은 아버지의 나라다, 아버지의 동포(同胞)다.

아이들, 그들을 위해 아버지는 자존심 따위 생각할 겨를이 없다. 때로는 얼굴이 화끈거리도록 뺨을 맞는 일이 있어도 기꺼이 참아내야 한다. 그보다 더한 수치, 더한 괴로움도 참을 수 있다. 그럼에도 넉넉히 웃을 수 있다. 아버지로서의 인내 뒤에 맑은 눈동자의 아이들이 있기 때문이다. 아이들의 고운 눈동자 속에 내 희망을 심고, 그 맑은 꿈속에 내 모두를 담을 수 있기 때문이다.

아이들은 아버지의 희망이요 꿈이며 비전이다. 그것은 괜찮은 아버지가 되려는 사람들이나 적어도 그렇게 노력하는 아버지들만이 느낄 수 있는 기쁨이다.

오늘도 나는 아버지의 자리를 메우러 집으로 돌아온다. 생활인으로서의 비루한 옷을 벗어두고 그럴듯한 아버지의 옷으로 갈아입는다. 마음 놓고 웃을 수 있는 자리는 아니지만 세월의 무게를 짊어진 채 그 위에 가정이라는 십자가까지 짊어지며 기꺼이 아버지가 되려 한다.

아버지의 눈에는 눈물이 보이지 않으나
아버지가 마시는 술에는 항상
보이지 않는 눈물이 절반이다.
아버지는 가장 외로운 사람이다.
아버지는 비록 영웅(英雄)이 될 수도 있지만……

아버지로 산다는 건 결코 녹록치 않다. 나이가 들수록 권리는 줄어들고 짐만 무거워진다. 나이가 들어가는 만큼 자식들 눈치를 보아야 하는 아버지다.

아버지는 안팎으로 도전을 받는다. 어떻게 보면 아버지는 돈을 벌어오는 기계로 가치를 부여받는 직업이다. 식솔들을 제대로 먹여 살린다는 뿌듯한 기분을 느끼기도 하지만 한편으로는 그렇게 평가받는다는 생각에 먹먹해지기도 한다. 아버지는 적어도 가족 구성원에게만은 인정받고 싶은 생각에 외부의 수모를 참고 견디며 자존심을 내팽개치기도 한다.

폭탄을 만드는 사람도
감옥을 지키던 사람도
술가게의 문을 닫는 사람도
집에 돌아오면 아버지가 된다.

밖에서 어떤 모습으로 지냈든 간에 집에 돌아오면 아버지는 가장 듬직한 기둥으로 선다. 누구보다 자랑스럽고, 누구보다 훌륭하고, 누구보다 믿음직스러운 아버지다. 그 이면에 눈물과 고독과 설움이 쌓여 있지만.

그럼에도 아버지는 고독하지 않다. 더 이상 외롭지 않다. 지금의 수고를 딛고 초롱초롱한 미래의 꿈이 자라고 있으니까. 괴롭고 힘들다가도 "아빠 힘내세요. 우리가 있잖아요." 그 한마디면 고독과 외로움도 눈 녹듯 사그라진다.

아버지의 때는 항상 씻김을 받는다.

어린 것들이 간직한 그 깨끗한 피로…….

2
아버지,
더불어 살아야 하는 명사

이 생각, 이 느낌, 이 생동감 있는 언어로 언제까지 살고 싶다. 영원이란 말이 만져질 수 있도록 긴 삶을 살고 싶다. 우리는 영원을 희구하며 살아간다. 하지만 내 아버지가 세상을 떠나는 걸 보며 인간의 유한을 돌아봐야 했다. 그리고 내 아이를 돌아본다.

나도 이제 아이들의 아버지가 되었다. 아직도 아버지를 생각하면 철부지 같은데 어찌하다보니 어느덧 아버지가 되었다. 아버지로서의 품위를 갖출 틈도 없이 아버지가 되었다. 그러면서 아버지를 닮아간다. 내가 아이 때문에 울고 싶고 힘들어하는 것처럼 내 아버지도 그랬을 터이다.

내가 살아낼 수 없는 삶의 과제들, 내가 누리지 못했던 것들을 그들에게 물려주고 싶다. 그들을 염려하며 내가 떠난 후 그들의 삶을 위해 기도한다. 누구나 그렇겠지만 아이들이 나보다 더 멋지고 더 훌륭한 삶을 살았으면 한다. 지대한 관심으로 그들의 행동을 보면 때로는 대견스럽기도 하고, 한편으로는 부족한 모습에 안타까워 불면의 밤을 보낼 때도 있다. 그럴 때는 아이들이 나 정도라도 살아냈으면 하는 기도를 하게 된다.

아버지는 아이들에게 어떤 삶이 다가올 것인지, 어떤 시련이 도사리고 있을지를 염려한다. 이들이 누구를 만날지, 악한 사람을 만나지는 않을지 염려한다. 장애를 만나 쉽게 쓰러지지는 않을까 염려한다.

> 저의 자식을 이러한 인간이 되게 하소서.
> 약할 때 자신을 분별할 수 있는 힘을
> 두려울 때 자신을 잃지 않는 용기를 주시고
> 정직한 패배에 부끄러워하지 않고 당당하며
> 승리에 겸손하고 온유한 사람이 되게 하소서.
> 그를 요행과 안락의 길로 인도하지 마시고
> 곤란과 고통의 길에서 항거할 줄 알게 하시고
> 폭풍우 속에서도 일어설 줄 알며
> 패한 자를 불쌍히 여길 줄 알게 하소서.

저의 자식을 이러한 인간이 되게 하소서.
약할 때 자신을 분별할 수 있는 힘을 두려울 때 자신을 잃지 않는 용기를 주시고
정직한 패배에 부끄러워하지 않고 당당하며 승리에 겸손하고 온유한 사람이 되게 하소서.

아이가 잠시라도 내 옆에서 떠나 있으면 염려스럽다. 눈에 보이지 않으면 더 염려가 커진다. 더구나 아이가 이역만리 떨어져 있으면 염려는 한없이 커진다. 마음대로 통화도 할 수 없고, 몇 시간 내에 달려갈 수 없는 거리에 있다면, 더구나 번거로운 절차를 밟아야만 갈 수 있는 곳에 떨어져 있다면 염려는 더 커진다.

하지만 자식은 내 존재가 아니며, 내 부록도 부속물도 아니다. 이미 독립된 개체다. 아이가 성장하는 만큼 서서히 나의 품안에서 밀어내야 한다. 스스로 험난한 세상에 당당하게 우뚝 설 수 있도록 훈련시켜야 한다. 하지만 훈련보다 더 힘든 것이 품안에서 놓아주어야 하는 염려의 무게다.

그의 마음을 깨끗이 하고 높은 이상을 갖게 하시어

남을 다스리기 전에 자신을 먼저 다스리게 하시며

내일을 내다보는 동시에 과거를 잊지 않게 하소서.

그 위에 생활의 여유를 갖게 하시어

인생을 엄숙히 살아가면서도 삶을 즐길 줄 아는 마음과

자신을 뽐내지 않고 겸손한 마음을 갖게 하소서.

그리고 참으로 위대한 것은 소박한 데 있다는 것과

참된 힘은 너그러움에 있다는 것을 새기도록 하소서.

그로 하여 그의 아비 된 저도 헛된 인생을 살지 않았노라고 나직이 속삭이게 하소서.

— 더글러스 맥아더(Douglas MacArthur)

내 아버지도 나를 보며 그런 염려를 했을 터지만 나는 이렇게 굳건히 버티며 살아왔다. 내 아이들도 세상과 맞서 그럴듯한 삶을 살 것이라 믿으면서도 그들에 대한 염려가 앞선다.

세상의 모든 아버지는 아이가 이상적인 인간이 되기를, 내가 살아보지 못한 훌륭한 삶이 이들에게 주어지기를 희구한다. 세상과 맞서 절대로 절망하지 않고 언제든 다시 일어서는 의지를 가지기를 기도한다. 남들이 존경하고 우러러 보는 삶을 살지는 못해도 절대 삶을 포기하거나 낭비하지 않고 열심히 살아가기를 바라고 바란다.

나는 이제 나무에 기댈 줄 알게 되었다.

나무에 기대어 흐느껴 울 줄 알게 되었다.

나무의 그림자 속으로 천천히 걸어 들어가

나무의 그림자가 될 줄 알게 되었다.

아버지가 왜 나무 그늘을 찾아

지게를 내려놓고 물끄러미

나를 쳐다보셨는지 알게 되었다.

아버지는 드러내놓고 자식에게 눈물을 보일 수가 없다. 아무리 근심거리가 있어도 길게 숨을 내뱉으며 한숨을 쉴 수도 없다. 울고 싶을 때는 눈물을 참거나 눈물의 흔적을 감추는 법을 익혀두어야 한다. 아버지는 마음대로 울 수도 없는 사람이다. 울고 싶으면 남들이 보지 않는 곳에서 숨어 울어야 한다. 아버지가 약한 모습을 보이면 가족 모두가 흔들리기 때문이다. 아버지는 자신이 느끼는 아픔을 조금이라도 과장해선 안 되며, 오히려 십분의 일로 축소하여 보여주어야 한다. 그렇게 아버지는 겉으로는 당당하지만 속으로는 골병이 들대로 들어서 살아야 하는 존재다. 자식을 위한 모든 책임을 짊어지고도 삶의 고뇌를 감추고 그들을 위해 웃어야 한다.

나는 이제 강물을 따라 흐를 줄도 알게 되었다.
강물을 따라 흘러가다가
절벽을 휘감아 돌 때가
가장 찬란하다는 것도 알게 되었다.
해질 무렵
아버지가 왜 강가에 지게를 내려놓고
종아리를 씻고 돌아와
내 이름을 한 번씩 불러보셨는지도 알게 되었다.

— 정호승, 〈아버지의 나이〉

아버지가 되어가면서 여러 개의 가면을 쓸 줄 알아야 한다는 것이 서글프다. 삶의 장터에서 어떤 모습으로 살든 자식들 앞에서는 그럴듯한 아버지의 모습을 보여주어야 한다. 내 아이의 이름을 추호의 부끄러움 없이 부를 수 있을 때 나는 진정 아버지의 이름을 가슴에 달 수 있다. 그렇지 않으면 비록 아버지라는 이름은 있어도 아버지라는 패찰을 발목에 달고 살아야 한다. 아버지라는 이름을 갖는 건 그리 어려운 일이 아닐 수 있다. 하지만 그 이름을 부끄럽지 않게 달고 살기란 어렵다. 아버지란 자유롭게 살아가는 이름이 아니라 누군가를 책임지고 더불어 살아야 하는 이름이다. 이기심을 줄이고 이타심을 더 많이 가져야 하는 무거운 이름이다.

"아버지와 어머니와 아들, 이 세 가지는 세계를 결합하는 가장 오래되고, 영원히 새로운 화음이다."
— 서양 명언

3
아버지,
몰래사랑의 대명사

내리사랑이란 보이지 않는 슬픔이다. 떠나보내면서도 웃어주어야 하는, 이기심을 지우고야 편해질 수 있는 그런 사랑이다. 내리사랑이란 결코 슬프지 않은 짝사랑이다. 상대도 나만큼 사랑해주기를 바라면 안 되는 그런 사랑이다. 그저 튕겨지지만 않으면 좋을 그런 사랑이다. 어떤 상황에서도 그저 사랑해야만 하는 것으로 운명 지어진 아름다운 사랑이다. 내가 위에서 받은 것을 아래로 전달하는 그런 사랑이다. 그 사랑이 때로는 아리다. 그것은 선택이라기보다 우리의 운명이다.

큰딸이 어학연수를 다녀오더니 아예 살러간다고 한다. 별로 생각해본 적이 없던 가족의 의미를 그제야 깊이 되짚어본다. 가정은 모여서 사는 즐거움이 있는 곳이다. 자녀들이 성장하는 모습을 볼 수 있다는 게 정말 행복한 일이었다. 미처 준비도 못했는데, 아이가 내 품을 떠난다니 자꾸 먹먹해지고 만다.

나는 열일곱 살 나이에 서울 타자부기 경리학원에 급사로 취직했다. 남들은 중학교에 다닐 나이에 공부가 하고 싶어서 서울로 왔다. 학원 복도에 있는 벤치에서 잠자며 청소하고 심부름하는 일이었다. 공부는커녕 거의 20시간 가까이의 노동에 지쳐 결국 낙향하고 말았다. 시골에 계시던 아버지는 내가 보고 싶어 식사도 잘 못하셨다고 했다. 돌아온 탕자처럼 낙향했을 때 어머니는 맛있는 것을 잔뜩 해주려 애쓰셨다. 그 후로 30년 이상을 꼼짝하지 않고 부모님 곁에서 살았다.

마침내 큰딸이 삶을 개척하겠다며 먼 나라로 떠났다. 어학연수 떠날 때와는 달리 마음을 종잡을 수가 없다. 글로벌화에 익숙하지 못한 어수룩한 아버지인 탓일 것이다. 또한 벌써 자식을 떠나보내야 하는 세월에 대한 서운함도 있을 것이다.

떠나기 이틀 전, 산에서 주워온 잣 한 송이를 망치로 깨서 알맹이를 꺼냈다. 내가 깨놓으면 아이가 금세 주워 먹었다. 잣을 깨주면서도 마음은 곧 헤어져야 한다는 생각으로 착잡했다. 곱게 살아온 딸이라 더 애틋한 마음으로 보내게 되는 건지 모르겠다.

아이는 떠나기 전날 방 구석구석부터 거실까지 정리하고 청소했다. 차라리 그냥 평소처럼 있다가 떠났으면 싶기도 했다. 그날 혼자 지리산 성삼재에서 인월까지 서북능선을 종주했다. 캄캄한 새벽이 지나고 먼동이 트고 나니 두려움이 사라지면서 딸 생각이 났다. 울컥하는 뭔가가 속에서 솟구쳐 울음이 되었다. 자주 볼 수도 없고, 얼굴 한 번 쓰다듬어주기도 어렵다는 생각에 휘청이는 마음으로 걷고 걸으며 마음을 다잡아보려 애써보았다. 그러면서 문득 하늘에 계신 아버지 생각이 솟아났다. 내가 서울로 떠날 때 아버지도 그런 마음이셨을 거다. 내리사랑이라는 건 그야말로 웃어주면서도 눈물이 나는 것인가 보다.

"아, 웃고 있어도 눈물이 난다."는 노래가사처럼 말이다. '내리사랑'이란 '아름다운 죄'에 해당되는 것일지도 모른다. 떠나기 전에 말로는 할 수 없어서 감정을 적당히 감추고 딸에게 편지를 썼다. 딸의 미래의 삶을 담은 채 닫혀 있는 트렁크 위에 편지를 올려놓았다.

"아빠 안녕!" 작은 손을 흔들며 아이는 떠났다. 그래도 앞으로의 길을 찾으려고 떠나는 딸이 대견스럽다. 내 서재로 쓰다 딸아이가 수능 준비할 때부터 공부방으로 썼던 방에 앉아 서글픈 마음으로 딸의 흔적을 느껴본다. 이제는 딸아이가 몸도 마음도 건강하게 지낼 수 있도록, 어려운 시련 없이 시행착오 겪지 않고 잘 살아가도록 기도하며 살아야 한다. 그리고 이제부터라도 어머니에게 내 모습을 자주 보여드려야겠다.

부모가 된다는 것은 아린 가슴으로 살아야 하는 일이다. 지금 같아선 딸이 놀고먹어도 평생 옆에 그대로 있는 것이 좋을 것 같지만 막상 그 상황이 되면 그렇지도 않을 것이기에 딸을 보낸다. 얼마 남지 않은 시간들이 참 소중하고 애처롭다. 어디에 가든 건강하고 튼실하게 자기 삶을 개척해 나갔으면 한다.

지금에야 알겠다. 딸을 보내는 내 마음처럼 우리 부모님도 내가 떠나 살 때 이 마음이었음을. 사람이기에 피할 수 없는 운명을 받아들이지 않고 거부하면 우리는 늘 불행할 수밖에 없다. 보내는 마음, 떠나는 마음, 그 모두를 잘 극복하고, 긍정적으로 받아들일 수 있어야 한다. 우리에게 내장된 장치를 그 주어진 범위, 주어진 시간 안에서 최선을 다해 즐기고, 이루어가는 순간들에서 행복을 찾아야 한다. 행복이란 운명을 피하는 것이 아니라 극복하는 것이다. 나는 내 운명을 선택하고, 선택한 내 운명을 사랑한다.

투명한 물 컵 위에
엉덩이를 드러내고
부끄럽디 부끄럽게
앉아 있는 양파 하나

아버지의 자리를 위하여는 나의 수치쯤은 아무것도 아니다. 자식을 위한 일이라면 때로 남에게 욕을 먹은들, 수치를 당한들, 부끄럽거나 쑥스러워하지도 않는다. 본능적으로 자리한 내리사랑이란 마음가짐이 웬만한 부끄러움쯤은 아무것도 아닌 일로 생각하게 만든다. 그어떤 수치나 부끄러움보다 아이가 건강하게 살 수만 있다면 그 무엇이든 참을 만하다. 육체적인 고통을 넘어 정신적 고통도 기꺼운 마음으로 받아들일 만하다.

> 그놈의 임무는
> 뿌리로 물을 빨아올려
> 머리 위로 줄기를 밀어올리는 일
> 하늘로 줄기를 밀어올리기 위해
> 그만큼 물밑으로 뿌리를 내려야 하는
> 오묘한 이치를 보여주는 일, 그러나

아이들을 위한 헌신이라고 생각지도 않는다. 임무라고도 생각지 않는다. 나로 인해 아이가 웃을 수 있다면 나는 신이 난다. 아이에게 자랑거리라도 있다면, 남에게 자랑할 작은 건수라도 있다면 나는 기쁨으로 모든 힘든 일들을, 괴로운 마음들을 상대하고도 기쁨은 남을 것이다. 임무가 아니라 당연한 일로, 기계적인 일로 아이들에 대한 사랑을 받아들인다.

> 어느 날 나는 보았다.
> 기진한 그놈을, 아니
> 폐허가 다 된 그놈의 속을,

양파의 그 모습이 영락없는 우리 삶을 닮았다.
검은 털이 모두 하얗게 변하며 겉은 여전한데 우리는 점점 힘을 잃어간다.
그 대신 싹이 파랗게 점점 자라나듯이
우리 자녀들도 우리의 늙고 노쇠함에 비례하여 성장해 간다.

들여다보면서

물을 길어 올리는 뿌리의 힘도

뿌리만큼 자라 오른 줄기의 힘도

속속들이 갈무리한

그놈의 心根에 있었음을,

문득 생각하였다.

어떤 당당한 뿌리도

어떤 청청한 머리도

가슴이 비어 있음으로

무력해지는 이치를.

─ 이상호, 〈양파〉

양파를 물병에 담아놓으면 위로 파란 싹이 잘 자라고, 밑으로는 하얀 뿌리가 자꾸 내려간다. 그러면 튼실하던 양파의 몸은 비어가며 쭈그러들기 시작한다. 양파의 그 모습이 영락없는 우리 삶을 닮았다. 검은 털이 모두 하얗게 변하며 겉은 여전한데 우리는 점점 힘을 잃어간다. 그 대신 싹이 파랗게 점점 자라나듯이 우리 자녀들도 우리의 늙고 노쇠함에 비례하여 성장해 간다. 그것이 인생이려니 받아들여야 하는 것이 우리에게 주어진 삶이다. 아이들을 위해 나의 모두가 소진되고 움직일 힘마저 없을지라도, 그렇게 긴 세월을 아이들을 위해 희생했을지라도 나는 전혀 억울하지 않으며, 그렇게 잃어버린 시간이라도 아깝지 않다. 비록 삶에서 귀찮고 힘들지라도 긍정으로 살아야 한다. 그 삶 속에서 행복을 구가하며 최선을 다해 살아야 한다.

"아버지가 되기는 쉽다. 그러나 아버지답기는 어렵다."
- 세링 그레스

4
세상의 중심에 있는 아버지의 자리

농경시대와 산업화시대를 거치면서 가부장제의 폐해가 많이 드러났다. 실제로 인류역사의 대부분은 모계사회로 진행되어 왔다. 그럼에도 부계사회가 오랫동안 세계를 지배해온 느낌이 드는 것은 인류가 정착한 이후의 대부분을 부계사회가 지배해온 탓일 것이다. 그러나 정보화시대로 접어든 이후 남성의 주도권이 서서히 여성에게로 넘어가고 있다. 여성의 역할이 늘어나는 만큼 남성의 역할이 줄어들면서 가정에서의 경제권도 서서히 여성에게 넘어갔다.

그러면서 가정의 중심이었던 아버지의 위상도 흔들리고 있다. 아버지의 위상은 위태롭기도 하고 어정쩡해 보이기도 한다. 가정 내에서 굳건한 위치를 차지하는 것이 아니라 어떻게 보면 겉돌기도 하고 주변

인으로 밀려나는 것 같기도 하다. 사회는 따라잡기 힘들 만큼 빠른 속도로 변화했고, 지속적으로 변화하고 있다. 가부장적인 시대는 이미 먼 옛날의 일처럼 느껴질 정도다. 이전에는 대부분 가업을 이어받았기 때문에 아들과 아버지는 함께하는 시간이 많았다. 아버지에게 배울 게 많아서 더욱 아버지를 어려워하고 존경할 수밖에 없었다. 하지만 최근에는 아버지의 뜻보다는 자신이 원하는 직업을 선택하다보니 자녀들이 아버지에게 뭔가 배울 일이 거의 없어졌다. 오히려 아버지가 자녀들에게 컴퓨터나 트위터 등 새로운 것들을 배워야 한다. 이제는 아버지가 아들에게 아쉬울 것이 많다. 그러니 아버지의 권위는 점점 하락하고 있는 것이다.

큰딸이 어렸을 때 출근하는 나를 붙잡으며 같이 놀자고 했다.

"아빠는 회사에 가서 돈 벌어 와야 돼."

"돈은 아빠가 회사에 가서 벌어오는 게 아니고 엄마가 은행에서 벌어오는 거야."

아버지의 위치, 정말 밖에서 돈 벌어오는 일 외에는 역할이 없어진 걸까? 그 역할을 제대로 못하면 무능한 아버지로 전락해야만 할까?

시대가 아버지들을 힘들게 하고 외롭게 만든다. 이대로 아버지로서의 권위를 송두리째 포기하기보다는 뭔가 이 시대에 맞는 아버지로서의 역할을 찾아야 한다. 그 해답은 각자의 상황에 따라 다르다. 우리가 살아온 세계와 지금을 사는 아이들의 세계는 너무 다르다.

하지만 변하지 않는 세계는 분명 있다. 물질문명은 아주 빨리 변하지만 정신문명은 서서히 변하기 때문이다. 또한 정신문화 중 영원히 변하지 않는 인간 본성이 있다. 그 본바탕이라도 아이들에게 떳떳하게 물려주어야 한다. 자녀가 힘들 때면 의지가 되어주는 역할, 그것이 아버지의 위치여야 한다. 일일이 아이들의 일에 간섭하려고 할 것이 아니라 때로는 빙그레 미소 지으며 뒤에서 지켜보다가, 많이 힘들고 어려워할 때 힘이 되어주고 위로가 되어주어야 한다.

내가 아버지가 되어가면서 이제는 볼 수 없는 아버지의 삶을 돌아본다. 쓸쓸한 아버지의 뒷모습을 한 번도 느껴보지 못한 내가 부끄럽다.

아버지의 뒷모습, 그 모습이 지금의 내 모습이다. 내 아이들은 나의 어떤 모습을 보고 있을까. 아이들에게 가르쳐줄 것도 별로 없고, 아이들과 함께 시간을 보낼 거리도 마땅찮은 나의 뒷모습, 그것이 나의 현주소다. 누구든 뒷모습을 바라보노라면 쓸쓸한 느낌이 든다. 내 뒷모습도 그렇게 쓸쓸할까. 나를 생각하고 아이들을 생각하면 슬픔과 기쁨이 교차한다. 아이들이 자라는 만큼 대견스럽지만 그만큼 나이가 든 나를 생각하면 갑자기 공허해진다. 중년을 살아가는 아버지들을, 공허를 느끼며 가끔은 털썩 주저앉고 싶은 우리 중년의 아버지들을 그들은 어떻게 이해할까.

나는 온전한 외로움

나는 텅 빈 허공

나는 떠도는 구름

나에겐 형상이 없고

나에겐 끝이 없고

나에겐 안식이 없다.

나에겐 집이 없고,

나는 여러 곳을 지나가는

나는 무심한 바람,

나는 물에서 날아가는 흰 새,

나는 수평선

나는 기슭에 닿지 못할 파도

나는 모래 위에 밀려 올라간 빈 조개껍질

나는 지붕 없는 오두막을 비치는 달빛이다.

– 캐들린 레인(Kathleen Raine), 〈사랑받지 못하여〉

앞모습은 언제나 웃고 있지만 뒷모습은 언제나 쓸쓸해 보이는 것이 이 시대의 아버지들이 아닐까? 나 또한 그 행렬에 서 있다고 생각하면 쓸쓸해진다. 아버지뿐이랴. 이 시대를 살아가는 어른들은 모두 쓸쓸하다. 세대와 세대가 선순환이 아니라 역순환이 이루어지면서 어른들의 역할이 바뀌고 있다. 존중의 대상에서 일종의 도구로 전락하고 있다.

아버지의 권위가 무너지면서 이제는 수직관계에서 수평관계로 변화하는 시대를 살고 있다. 바람직한 면도 있지만 그렇지 못한 면도 많이 드러나고 있다. 아이들이 모여 노는 곳에서는 세 마디 중 한 마디가 욕이다. 욕이 많은 시대, 성격이 급해져가는 시대다.

무서운 사람이 없는 시대, 중심이 무너진 시대, 그 시대를 불러온 건 우리들의 책임이다. 지배하려고만 했지 앞으로 이어질 세계를 예측하지 못한 우리들의 잘못이다. 중심을 잡아주고 세상에 질서를 부여하려 애써야 할 사람들은 아무리 시대가 바뀌어도 우리 아버지들이다. 젊은 혈기로 경솔하지도 않고, 노쇠하여 패기를 잃지도 않은 중년의 아버지들이 중심에 서야 한다. 남들이 노년이라 해도 젊은이다운 열정을 갖고 사는 이들은 얼마든지 있다. 중년이라면 그 누구보다도 세상에 대한 책임감을 갖고 살아야 한다. 무기력한 중년의 시기를 잘 극복해야 용감한 삶을 맞이할 수 있다. 지금 게으름으로 주저앉으면 우리는 자녀들에게 쓸쓸한 뒷모습만 보여줄 뿐이다. 살아 있는 한 뒷모습이 아닌 앞모습을 보여주며 살아야 한다.

행복한 사람의 뒷모습은 아름답다. 행복한 사람이 남긴 발자국은 아름답다. 사람들은 원래 앞을 보게끔 만들어져 있다. 앞에 달린 눈으로 전방만을 바라본다. 거울 앞에서도 늘 앞모습만 비추어보고 만족한다. 하지만 실제로는 앞모습보다 뒷모습을 보는 이들이 더 많은 법이다.

앞모습을 보는 사람들은 대부분 그를 아는 사람들이다. 반면 그를 모르는 사람들은 그의 뒷모습과 그가 남긴 흔적으로 그를 안다. 그러므로 자신을 위해서는 앞만 보고 살아도 되지만 다른 사람들을 위해서는 뒷모습, 족적에도 관심을 두어야 한다. 뒷모습이 아름다운 사람, 그 사람은 참 행복한 사람이다. 나는 찾고 있다, 나에게 걸맞은 역할을. 부모의 바람직한 역할, 그리고 자녀다운 역할을.

"자식에게 미움 받은 적이 없다면 당신은 진정한 부모가 되어본 적이 없었던 것이다."
– 데이비스

5
어머니의 뜰,
어머니의 손이 그리울 때

모처럼 어머니와 한나절을 보내며 어머니로부터 많은 이야기를 들었다. 어머니에게 가면 주로 어머니의 이야기를 그냥 듣기만 한다. 원래 나는 이야기를 잘 하는 편이 아니라서 어디서든 주로 듣는 편이다. 대신 강의를 통해 많은 이야기를 해서 그런지도 모르겠다.

어머니가 가꾸어놓은 뜰에는 다양한 종류의 식물들이 자라고 있다. 그중에 상추를 솎아내어 쌈을 싸서 점심을 해결한다. 내가 맛있게 먹는 모습을 보아야 어머니는 기뻐하시니까. 어머니의 뜰은 고구마, 옥수수, 감자, 시금치, 파, 상추, 호박, 오이, 강낭콩 등 참 다양도 하다. 국거리, 쌈거리, 나물거리, 참 많고 많다. 서너 평 되는 뜰에 어머니가 가꾸어놓은 20여 종의 식물들, 한 포기 한 포기에 눈을 맞추며 어머니의 정성을 읽는다.

자식들이 모두 어른 되어 자녀들을 다 두고 있어도 어머니는 여전히 자식에게 주는 줄만 아신다. 어머니의 사전엔 주는 법만 나와 있고 당신을 채우는 법은 안 나와 있나보다. 어머니의 뜰에서 사랑을 읽는다. 참으로 순수한 사랑, 순진무구한 사랑을 느낀다. 내가 잠들어 있는 시간, 나는 다른 생각하고 있는 시간에도 어머니는 늘 내 생각을 하며 사실 텐데, 나는 왜 이렇게 이기적일까?

이제는 몸을 마음대로 못 쓰시니 마른 반찬 좀 사다 챙겨드리고 헤어져 오는 길은 발걸음이 무겁다. 침침해서 잘 보이지 않으실 텐데도 내 모습이 보이는 한 대문 안에 들어가지 않으시고 연약한 손을 흔드신다. 어머니를 빨리 들어가시게 하려 보이지 않는 곳으로 숨어들었는데도, 벽을 넘은 나뭇가지 밑으로 보니 어머니의 치맛자락이 대문 앞에 여전히 펄럭거리고 있다. 아직 거기 계신다.

한 몸이었다
서로 갈려
다른 몸 되었는데

주고 아프게
받고 모자라게

나뉘일 줄
어이 알았으리.

아들은 어른이 되어도 아니 늙은이가 되어도 여전히 어머니의 아이
일 뿐이다. 덩치만 커졌지 어머니 속에 있을 때의 그 부분에 다름 아니
다. 그래서 어머니는 언제나 아들에게 의지의 대상이 되고, 어머니에
게 아들은 여전히 뭔가 주고 싶은 대상일 뿐이다. 아들로부터는 받느
니보다는 주는 기쁨이 크고, 당신 몸이 아픈 건 아랑곳 않고 아들이 아
프면 그 아픔을 대신할 수 없는 아픔에 눈물 흘리는 것이 어머니다. 어
머니란 이름은 그래서 여자를 넘어서고, 그 어떤 위대한 이름도 넘어
선다. 어머니, 그 단어는 사랑 그 이상의 고귀한 단어다.

쓴 것만 알아
쓴 줄 모르는 어머니
단 것만 익혀
단 줄 모르는 자식

처음대로
한 몸으로 돌아가
서로 바꾸어

어머니의 뜰에서 사랑을 읽는다.
참으로 순수한 사랑, 순진무구한 사랑을 느낀다.

태어나면 어떠하리.

-김초혜, 〈어머니〉

당신의 일부였으되 밖으로 나와 다른 개체되면 당신 마음대로 할 수도 없는, 때로는 골칫덩어리로, 때로는 근심덩어리로 당신 앞에서 얼쩡거려도 마음대로 할 수 없어 애를 태우는 어머니 마음이다. 당신 몸 하나 제대로 가누지 못해도 무엇이라도 챙겨서 주고 싶고, 조금이라도 맛이 있을 듯 싶으면 먹이고 싶어서 안달하는 것이 어머니 마음이다. 그 어머니의 마음이 아려온다. 어머니가 나에게 그런 애틋한 마음을 가진 것처럼 나이 들어가면서 나도 내 아이들에게 그런 애틋한 마음의 키를 늘여가고는 있을까.

"나중에 너 어른이 되면 난 네 집에서 살련다."

어렸을 적에 밭에서 김을 매며 그리 말씀하셨는데 난 어머니를 모시지 못했다. 어머니의 이야기를 가장 많이 들었던 아들도 나였고, 말대꾸 한 번 한 적이 없으니 어머니는 그리 말씀하셨을 것이다. 그럼에도 이렇게 따로 나누어 살고 있음에 때로 마음이 아려온다.

어머니와 더 많은 시간을 가져야 하는데 그리 못하는 건 바쁘다는 핑계도 적절치 않고, 그 무슨 핑계로도 말이 안 된다. 어머니의 좁은 텃밭을 보니 오직 주는 즐거움으로만 사신다. 아낄 줄만 아시고 쓸 줄 모르는 마음, 가꿀 줄만 아시고 드실 줄 모르는 어머니, 어머니는 자식을 위해 희생을 즐기는 바보가 되어 사신다. 세상 여자들 모두 이런 어머니가 되어가고 있을까?

"자녀들에게는 어머니보다 더 훌륭한 선물은 없다."
– 에우리피데스(Euripides)

6
어머니를 엄마_{라고} 부르고 싶을 때

움직이려 애쓰며 배밀이를 한다. 한나절을 그렇게 움직여도 채 1미터를 못 갈 때도 있지만, 그렇게 움직이는 아이를 보며 엄마는 대견해한다. 그러다가 아기가 바닥에서 배를 떼어내고 네 발로 기어본다. 제법 넓은 방안 곳곳을 누비기 시작한다. 엄마가 웃고, 아빠도 행복한 웃음을 참지 못한다.

생존 본능은 묘하다. 누가 시켜서도 아닌데 일어서고 싶다. 그런 아기를 엄마는 부추긴다. 억지로 일으켜 세워 다리 힘을 훈련시킨다. 엄마가 겨드랑이 밑에 넣었던 팔을 빼면 아주 잠시라도 서서 세상을 본다. 따로따로 서기, 엄마도 좋아하고 아이는 기뻐 어쩔 줄 모른다. 얼마나 긴 시간을 기다려 이룬 일인가. 그 과정이 지나면 아가는 엄마

손에 의지해 한 발 한 발 뗀다. 참 신비한 일이다.

두어 발짝 앞에 앉은 엄마를 향해 아기는 스스로 일어나 발을 뗀다. 기어가는 것이 훨씬 안전하고 빠를 터이지만 어른들의 부추김으로 아이는 발을 떼어낸다. 아기는 주변의 시선을 의식하며 간신히 걸음을 옮긴다. 엄마의 하나 둘, 소리에 맞춰 힘겹게 한 발 또 한 발 내딛는다. 엄마는 기쁨으로 함박웃음을 짓고, 아가는 울음 반 웃음 반인 눈으로 엄마를 향한다. 세상에 와서 가장 감격을 느끼는 순간일 것이다. 훗날 기억을 하지 못하지만 말이다.

당신의 이름에선 색색의 웃음 칠한
시골집 안마당의
분꽃 향기가 난다.

안으로 주름진 한숨의 세월에도
바다가 넘실대는
남빛 치마폭 사랑

남루한 옷을 걸친
나의 오늘이
그 안에 누워 있다.

기워 주신 꽃 골무 속에

소복이 담겨 있는

유년(幼年)의 추억

뒤뚱뒤뚱, 아장아장, 그렇게 삶이 시작되었다. 엄마를 향한 내딛기로 시작된 삶이다. 이제 어른이 되어 엄마보다 빨리 걸을 수 있고 힘도 세졌다. 나는 기고 싶었고, 걸음마를 배우고 싶었고, 걷고 싶은 내부의 자극을 본능적으로 가졌다. 그리고 외부에서의 자극이 있었다. 엄마가 나를 더 자극하여 걸음을 떼게 만들고 걸음을 가르쳐주었다.

배밀이에서 벗어나, 기다가 서고, 두 발로 세상을 살아가면서 우리는 얼마나 더 힘든 세상을 열어가야 하는가. 그저 뭔가 갖고 싶으면 떼를 쓰면 되고, 어딘가 가고 싶으면 보채면 되던 시절이 있었다. 그때는 그저 엄마를 졸라대고 보채는 것이 걱정이었고, 힘든 일이었다.

그런데 자라서 어른을 넘어, 인생의 제3막을 열고 난 지금은 잔뜩 걸머진 무거운 짐에 답답해한다. 짐이 무겁다고, 버겁다고 떼를 쓸 대상이 없다. 이 짐을 내려달라고 보챌 수 있는 대상이 없다. 그렇다고 무거운 인생의 짐을 내려놓기엔 억울하다. 짐을 내려놓는다는 건 세상을 살지 않겠다는 말에 다름이 아니니까 말이다. 이렇게라도 고민하며 살 수 있는 삶이 고맙다. 엄마보다 더 세고 강해진 내가 고맙다. 그러면서도 엄마가 그립다. 다시 돌아가 쉴 수 있는, 다시 어려져서 보챌

뒤뚱뒤뚱, 아장아장, 그렇게 삶이 시작되었다.
엄마를 향한 내딛기로 시작된 삶이다.

수 없는, 다시 돌아가 위로받을 수 없는 엄마의 품이 그립다. 엄마의 품은 우리 삶의 영원한 고향이다.

> 어머니는 눈물로 진주를 만드신다. 그 동그란 광택(光澤)의 씨를
> 아들들의 가슴에 심어주신다. ....어머니는 오늘도 어
> 둠 속에서 조용히 눈물로 진주를 만드신다.
>
> — 정한모 〈어머니〉 중에서

신체적으로 걷는 길은 빠르고 느린 차이는 있지만 누구나 대동소이하다. 그러나 삶의 걸음은 모두가 다르다. 삶을 향한 걸음은 어머니와 닮지 않은 다른 길이다. 살다보면 처음 걸음마를 배울 때처럼 어색하고 어려운 일도 많다. 어디 의지할 데도 없고, 믿을 곳도 없이 철저히 세상에 버려진 존재처럼 진한 외로움을 느낄 때도 많다. 어른이라는 이름 때문에 엄마가 아니라 어머니라고 불러야 하는 나이에 죽을 만큼 힘겨운 삶의 문제 앞에서 고뇌하는 존재가 된다. 엄마가 나를 책임지고 나를 길러주었듯이 이제는 내가 내 아이, 내 식솔을 책임져야 한다는 압박감이 버거울 때 간절히 부르고 싶은 이름이 있다.

엄마!

나에게 걸음마를 처음 가르쳐준 고귀한 이름. 지금은 어떤 도움을 줄 수도 없을 만큼 여려지고, 약해지고, 노쇠한 존재이지만 힘겨운 일

을 당하면 제일 먼저 떠오르는 이름이다. 살면서 걸음을 다시 시작해야 할 때면 제일 먼저 떠오르는 이름, 엄마!

멀쩡히 잘 걷고 뛸 줄 알다가도 다리를 심하게 다치고 나면 평소에 한달음도 안 되는 거리가 무척이나 멀게 느껴진다. 신체적으로 부상을 입는 것처럼 삶에서 상처입고 쓰러질 때도 있다. 심리적으로 힘들고 외로울 때면 생각나는 이름 어머니, 내게 걷는 법을 가르쳐주고 삶의 걸음마를 걷도록 부추겨준 존재, 어머니. 그 이름만으로, 그 이름을 간직하고 있는 것만으로도 나는 다시 힘을 얻는다.

살아 있는 한 우리는 걷는다. 평지를 걷고, 언덕을 오르고, 내리막을 미끄러지며 걷는다. 산다는 것은 걷는 것이기 때문이다. 무릎으로 걷든 배로 걷든 살아 있는 한 걸어야 한다. 신발에 의지하고 목발에 의지해서라도 걷는다. 걸음을 멈춘다는 것은 곧 죽음을 의미하기 때문이다.

힘이 들수록 엄마의 이름을 떠올리며 걷는다. 밤중을 향하여 걷는다. 새벽을 기다리며 걷는다. 태양 아래 걷는다. 저녁의 서늘함을 향해 걷는다. 앙상한 겨울 추위를 견디며 걷는다. 희망이 움트는 새봄을 향해 걷는다.

"아버지의 사랑은 무덤까지 이어지고, 어머니의 사랑은 영원까지 이어진다."
―러시아 속담

7
엄마,
세상에서 가장 아름다운 이름

어머니! 누구나 그 이름을 접하면 왠지 모르게 울컥한다. 어머니, 참 좋은 이름이다. 우리가 평생을 살아가면서 가장 많이 불렀고, 부르게 될 그 이름. 설령 부를 일은 없더라도 가슴속에 언제나 간직하고 살아갈 그 이름, 언제 불러도 마음을 아늑하게 해주고, 짠한 가슴의 울림을 주는 그 이름, 어머니!

강원도 하고도 홍천읍에서 인제 현리 쪽으로 80리를 들어가면 도관리라는 면소재지, 그곳에서 버스도 다니지 않는 군사도로로 아득한 고개를 넘어가면 내가 살던 마을이다. 해발 700미터는 족히 되는 산골 중의 산골이다.

어린 시절, 어쩌다가 어머니가 5일장에 가시면 하루 종일 부푼 기대로 어머니가 나타나실 서낭당 고개를 수없이 바라보았다. 장에 다녀 오신 어머니의 보따리에서 이것저것 과자류와 옷가지가 고개를 내밀 곤 했다. 한번은 동생이 어머니를 따라 장에 갔다 와서는 '아이스케키를 사주었다'고 자랑했다. 어찌나 억울한지 울어댔더니 그 덕분에 어머니는 다음 장날 나와 형을 위해 아이스케키를 사오셨다. 그 여름날 비닐 종이에 고이 아이스케키를 싸들고 20리 길을 오셨으니 막대기에는 얼음의 흔적만 붙어 있었지만 그조차 어찌나 맛있었던지.

사람은 누구나 어머니를 가진다. 어머니가 없는 사람은 이 세상에 아무도 존재하지 않는다. 그런 의미에서 어머니는 가장 보편적인 이름이지만, 개인으로 보면 누구에게나 특별한 의미를 가지는 그 자신만의 특별한 고유명사가 된다.

우리 형제는 어머니께 참 많이도 맞았다. 한 번은 돈 200원을 훔친 죄로 몰려 작은형과 함께 족히 두 시간은 매를 맞은 것 같다. 문을 걸어 잠그고 '그 돈 어디 있느냐'며 때리셨는데 정말 억울한 매였다. 며칠 후 어머니는 벽에 걸어놓은 체를 꺼내시다가 문제의 200원을 찾아내셨다. 당시엔 너무 아프고 억울했지만 이제는 몸조차 잘 가누지 못할 만큼 노쇠하신 모습을 보면 마음이 아려온다.

우리 어머니, 그분은 참 특별한 분이다. 열여섯 살 어린 나이에 시집와서 소설보다 더 끔찍한 시어머니를 만나 온갖 시집살이를 하며 고생을 하셨다. 아무리 힘들어도 "넌 이제부터 최씨 집안사람이다. 만일

못 견디고 돌아오면 도끼로 발등을 찍어버린다." 하신 외할아버지의
말씀이 두려워서 모진 매를 맞으며, 온갖 수모를 겪으면서도 참고 견
디셨다는 어머니, 그 고통을 짐작이나 할 수 있을까.

회초리를 들긴 하셨지만

차마 종아리를 때리시진 못하고

노려보시는

당신 눈에 글썽거리는 눈물

와락 울며 어머니께 용서를 빌면

꼭 껴안으시던

가슴이 으스러지도록

너무나 힘찬 당신의 포옹

여느 어머니 못지않게 어머니는 매를 참 많이 드셨다. 농사일에 바
쁘고, 끼니 때우느라 힘겹고, 아이들 들썩이는데 지쳤으니 짜증이 많이
날 법도 하다. 그래도 그때는 그랬다. 아무리 매를 맞아도 어머니를 원
망한 적이 없다. 매를 맞았다고 속상해서 집을 뛰쳐나가겠다는 생각도
한 적이 없다. 그런데 요즘 내 아이들은 그렇게 때려본 적도 없고 심한
욕을 한 적이 없어도, 몇 마디 꾸지람에도 상처를 입고 토라진다. 시대

가 변하면 사람의 마음도, 관계 설정도 변하는가보다. 자식을 대하면서 혼자 속상할 때면 왜 어린 시절 어머니의 모습이 문득 더 떠오르는 걸까. 훈계하고 가르쳐야 할 입장에 있는 것보다 훈계를 듣고 잘못하면 매를 맞던 시절이 훨씬 더 좋았던 것 같다. 어머니의 매가 그립다.

바른 길
곧게 걸어가리라
울며 뉘우치며 다짐했지만
또다시 당신을 울리게 하는

어머니 눈에
채찍보다 두려운 눈물
두 줄기 볼에 아롱지는
흔들리는 불빛

－박목월,〈어머니의 눈물〉

5남2녀 중 셋째아들인 나는 7남매 중 다섯째로 꼭 중간에 위치한다. 소위 샌드위치맨이어서 위아래를 잘 살피다보니 순종 잘 하는 모범생이었다. 누가 보아도 착한 아들이었지만 사실 난 보기와는 달리 미련한 놈이었다. 내가 초등학교를 졸업하고 중학교 진학을 포기했을 때 어머니는 무척 안타까워하셨다. 그 후 나는 농사일을 하며 짬을 내서 검정고시 공부를 했다. 아무래도 겨울 농한기가 공부할 시간을 내기에 좋았는데, 하루는 어머니가 엿을 고느라 내 방에 아침부터 장작불을 때기 시작했다. 그 안에서 공부를 하고 있던 나는 바닥이 뜨거워지자 이불을 깔고 그 위에 앉아 몸을 이리저리 비틀어가며 공부를 했다. 몇 시간이 지나고 점심 무렵이 되어도 내가 밖으로 나오는 기색이 없자 궁금하셨던 어머니가 문을 열어보시고는 이불을 휙 젖히셨다. 이불 밑이 불에 눌러붙어 타버렸다. 어머니는 "이 미련한 곰탱이!" 하며 꿀밤을 먹이셨다.

그래도 그런 내 모습을 보며 대견해하시던 어머니가 계셨기에 오늘의 나로 성장할 수 있었다. 초등학교를 졸업한 이후 그 누구의 도움도 없이 순전한 내 노력으로 박사과정까지 마칠 수 있었다. 그런 집념과 순수한 마음은 어머니로부터 전수받은 것임에 틀림없다.

함께 있을 땐 어머니에 대한 별다른 생각 없이 그냥저냥 살아간다. 하지만 멀리 있거나 부재한 어머니의 모습은 언제나 우리 기억 속에 남아서 강퍅해지는 마음을 정화해주는 힘이 되기도 한다. 아무리 악독한 사람도 어머니란 단어 앞에서는 숙연해진다.

어머니라는 이름을 가슴에 새기고 사는 사람은 때로 흔들릴 수 있고, 비척거릴 수 있고, 실수할 수도 있지만 어머니라는 이름으로 다시 제자리를 찾아 굳게 설 수 있다. 훌륭한 어머니는 어머니라는 이름 하

어머니!
누구나 그 이름을 접하면 왠지 모르게 울컥한다.
어머니, 참 좋은 이름이다.

나 자식의 마음속에 새기면 된다. 어머니가 자신의 자리를 지켜주기만 해도 이 땅에서 해야 할 일의 절반 이상은 한 셈이리라.

때로는 바쁘다는 핑계로 어머니란 존재를 까맣게 잊고 살기도 한다. 눈에서 멀어지면 마음에서도 멀어진다는 격언처럼 그렇게 살아간다. 어쩌면 내가 많이 배웠다는 이유로 은연중에 어머니를 무시했을지도 모른다. 그때도 어머니는 아무 말 없이 침묵으로 돌아섰을 것이다.

때릴 땐 때리다가도 자식이 잘 되는 걸 보고 싶어서, 그런 아들이 자랑스러워서 남에게 자랑하고 싶은 마음으로 모든 힘든 일을 잊으셨던 어머니, 자식들을 마음껏 배불리 먹이지 못하셨으니 당신 몫으로 남을 음식이 얼마나 되랴만, 아끼고 아껴 자식들을 위해 아이스케키를 사들고 오셨던 어머니의 그 애절한 마음에 지금 가슴이 뭉클하다. 참 철딱서니 없던 나의 심술이 이제와 부끄럽다. 그 힘들었던 일상들, 그 배고픔을 어머니는 누구에게 하소연하며 풀었을까.

"한 사람의 훌륭한 어머니는 백 사람의 교사와 맞먹는다."
– 헤르바르트(Johann Friedrich Herbart)

문득
어머니가 보고 싶을 때

살가운 바람에 흔들리는 잎사귀에 눈길을 멈추고 눈물을 흘릴 때가 있다. 누군가를 그리워하며 그리움을 못 이겨 왈칵 울 때도 있다.

작은 일에도 쉽게 감동하고, 별 것 아닌 일에도 속이 상해 밤새 고민하는 여린 마음을 여자의 마음이라고나 할까. 그렇게 약한 것이 여자라지만 여자에게도 강하고 생명력 있는 이름이 있다. 바로 어머니라는 이름이다. 세상 그 어떤 이름보다도 강하고, 봉사와 희생의 대명사로 불리는 이름 어머니, 그 이름 앞에 서면 누구나 숙연해지고 마음을 다잡게 된다. 어머니, 모성애의 그 이름. 어떤 희생을 감수하고라도 자식을 감싸는 모습, 자식을 지켜주는 그 희생은 숭고하고 더없이 위대하다.

평생 가난 속에서 노동과 자식들을 위한 맹목적인 봉사로 사셨던 어머니가 실명위기에 처한 적이 있었다. 자식들 때문에 신경을 많이 쓰셔서 신경성 눈병이 나셨는데 고치기가 불가능하고 했다. 형네 집에 있다가 눈이 멀게 되어 오신 어머니, 평생 죄지은 일 없이, 하루도 빠짐없이 새벽기도를 다니며 우리를 위해 기도만 하신 어머니가 앞을 못 보신다니 기가 막힐 노릇이었다. 어머니의 손을 잡는 순간 지난 일들이 주마등처럼 스쳐서 참을 수 없이 소리 내어 울었다. 그렇게 울어드리는 것만이 할 수 있는 일의 전부였으니까.

자식들 키우느라 온갖 고생 다하시고, 그것도 모자라 손자들도 맡아 키워내느라 애쓰고 고심하며 너무 신경을 써서 얻은 결과로 눈에 병이 찾아왔다. 희미하게 세상을 보며 살아야 하는 그 벌이 왜 하필 나의 어머니란 말인가! 어미 새가 아기 새에게 자신은 굶어가면서도 먹이를 얻어 돌아오듯 나의 어머니도 그랬다. 당신의 배고픔을 참으며 자식에겐 어떻게든 챙겨주셨다. 그게 어머니의 마음이다. 세상 모든 어머니의 마음이다.

막 초등학교를 졸업하던 해였다. 당시에는 쌀밥을 먹을 수 있는 날이 제삿날, 생일날, 모내기 날, 타작 날 등 1년에 몇 번 안 되었다. 그 외에는 옥수수를 맷돌에 타개서 밥을 해먹었는데 식으면 숟가락이 안 들어갈 정도로 딱딱하고 맛이 없는 밥이었다. 그해 할머니 제삿날도 여전히 밤 12시가 되어 제사를 지냈다. 제사가 끝나고 나면 모처럼 쌀밥을 먹을 수 있고 소금에 절인 고등어 한 토막을 먹을 수 있다는 생각에 감기는 눈을 억지로 참으며 견뎠다. 그러다 나도 모르게 잠이 들었는지 눈을 떠보니 아침이었다. 쌀밥과 고등어구이가 생각나 엉엉 울고 있는데 어머니가 나를 위해 남겨두었던 식은 쌀밥 한 그릇과 고등어 한 토막을 가져다주셨다.

엄마, 그래 엄마다. 어머니가 아닌 엄마만 줄 수 있었던 쌀밥과 고등어, 아마도 내 일생에 가장 맛있었던 성찬이었다. 이렇게 반평생을 살아오면서도 마음으로만 가득할 뿐 어머니에게 못 드린 말, 그 말을 하고 싶다.

"어머니 진심으로 사랑합니다."

제 품에 품었던 알에서 하나둘 새끼들이 부화하면 어미 거미는 자기가 살날이 얼마 남지 않았음을 안다. 알에서 깨어나 생명체가 된 새끼들은 어미의 몸을 파먹는다. 수많은 놈들이 파먹어 껍데기만 남은 어미의 빈 몸을 그대로 버려두고 각자 자기 삶을 살아간다. 어머니는 그렇게 자신의 속을 다 파먹게 하고 껍데기만 남고도 자식을 걱정하는 참 한심한 존재다. 고마움도 모르는 자식들을 끝까지 책임지려는 미련한 존재다. 그러면서 위로한답시고 "한번 어머니는 영원한 어머니다."라고 한다.

어떤 동물이든 미물이든 어미의 희생으로 자기 삶을 영위해 간다. 그래서 어머니는 숭고하다. 자신을 몽땅 내어주고도 공치사 한마디 없이 순응하며 세월을 엮어가기에 위대하다. 그럼에도 자식은 그런 어머니를 무시하거나 업신여기기도 한다. 힘있고 부유한 어머니가 아니라면, 그렇게 나를 위해 야위고 늙어온 세월을 무시하고 어머니를 괄시하기도 한다.

정한모 시인은 어머니에 대해 노래한다.

어머니
지금은 피골만이신
당신의 젖가슴
그러나 내가 물고 자란 젖꼭지만은
지금도 생명의 샘꼭지처럼
소담하고 눈부십니다.

아기에게 나약한 젖을 물려 키워주고, 늘 아스라한 마음으로 지켜보며 애태운 날들로 어른 되게 해준 어머니, 어머니의 젖가슴은 그래서 더 아름답고 범접할 수 없는 고귀한 부위다. 그야말로 나를 살려준 생명의 샘이며, 무한한 가능성을 열어준 삶의 오아시스다. 그 아름답던 어머니의 젊은 젖이 나를 키웠다. 내가 나이 들어 어른이 되어갈수록 어머니의 젖은 생기를 잃어 거죽만 남은 보잘것없는 젖이 되었지만 그 어느 젊고 아름다운 여인의 가슴에 비하랴.

어머니

내 한 뼘 손바닥 안에도 모자라는 당신의 앞가슴,

그러나 내 손자들의 가슴 모두 합쳐도

넓고 깊으신 당신의 가슴을 따를 수 없습니다.

작지만 내게 물려온 젖으로 나는 이렇게 어른이 되었다. 내가 세상을 누비고 있는 것은 어머니의 그 작은 젖꼭지의 힘이다. 목마름을 해결해주고도 남을 깊고 넓은 샘이 있다한들 어머니의 작은 젖꼭지와 비교할 수 있을까.

어머니의 젖은 나에게 생명을 이어주었으며, 내 안에 온 우주를 심어주고, 온갖 세상의 꿈을 심어준 생명 샘이다. 어머니의 젖꼭지는 세상 그 어느 산보다도 높고, 세상 어느 바다보다도 깊다. 아무리 높은 산에 올라도 어머니의 젖보다 위대한 높이를 만날 수 없으며, 깊은 바다 속으로 들어간들 숭고한 어머니의 우윳빛 젖줄기를 만날 수 없다. 어머니의 젖꼭지는 내가 세상에 존재하는 한 가장 높은 봉우리이며, 어머니의 젖샘은 가장 그윽하고 깊은 샘이다. 내 생명의 모든 것이다.

어머니는 그렇게 자신의 아름다움을 모두 털어 나를 살렸고 나를 키웠다. 그리고 이제는 내가 커진 만큼 어머니의 모든 것이 왜소해졌다. 나른한 봄에 들로 밭으로 나가 풀을 뽑으며 버텨내던 그 강한 다리, 토실토실했을 다리가 새다리로 변했어도 불평 한마디 없으셨다.

여름을 덥다 않고 새참거리 잔뜩 이고 들로 드나든 수십 년 세월에 머리가 뭉텅 빠져 머리카락조차 몇 올 안 남았지만 어머니는 그런 일쯤에는 전혀 신경도 안 쓰셨다. 그럼에도 어머니보다 더 많은 지식을 가졌다고, 더 능력이 있다고 우쭐거리며 어머니를 은연중에 무시하던 나는 얼마나 불한당인가.

세월을 이기지 못하고 총기마저 잃어가는 어머니를 안타까워하기보다는 내 기준으로 어머니를 판단하며, 짜증을 내는 일들이 일상처럼 되었다.

고진하 시인의 〈어머니의 총기〉 4연과 5연은 우리를 먹먹하게 한다.

치매에 걸린 세상은
죽음도 붕괴도 잊고 멈추지 못하는 기관차처럼
죽음의 속도로
어디론가 미친 듯이 달려가는데

마른 풀처럼 시들며 기어이 돌아갈 때를 기억하시는
팔순 어머니의 총기(聰氣)!

시인은 그나마 어머니를 다시 보는 사람이다. 평생 시 한 편 제대로 쓰지 못할지라도 '어머니'라는 제목으로 시를 한 편 써봐야 한다. 아무리 총기가 있는 사람도 나이가 들면 총기를 잃고 어수룩해진다. 어머니는 당신의 총기를 나에게 물려준 탓으로 총기를 잃어가고 있다.

어머니는 위대하다. 어머니가 없는 세상을 상상하면 하늘이 무너지는 것만큼 나를 약하게 만드니 어머니는 아직도 내가 의지해야 할 믿음직스러운 기둥이다. 어머니라는 이름은 그 어떤 것보다 거룩하고 숭고한 이름으로 내 가슴에 각인되어 있다.

"태양이 있는 곳은 언제나 따뜻하고 어머니가 있는 곳에서 자식은 행복하다."
─러시아 속담

제 3 부

사랑의 길을 묻는
그대에게

1
순수한 사랑을
하고 싶을 때

"사랑이 어떻게 변하니?" 영화 〈봄날은 간다〉에서 순진한 남자 주인공의 이 대사처럼 사랑에 빠진 사람들은 자신들의 사랑이 영원할 것으로 믿는다. 이렇게 저렇게 헤어지는 사람들을 많이 보아도 우리 사랑은 영원히 변치 않으며, 그 어느 사랑보다 아름답게 지속되리라 믿는다. 우리 사랑을 이은 줄은 질겨서 끊어지지 않으며, 그 어떤 방해꾼의 훼방에도 변치 않을 거라 믿는다. 그것이 사랑이다. 남들은 어떻든 내 사랑은 아름답고 변하지 않을 거란 마음, 그래서 사랑은 아름답다.

하지만 실제로는 사랑이 상황에 따라 변하는 것을 체험하는 이들이 셀 수 없이 많다. 그리고 때로는 그것이 우리의 상황이 되기도 한다. 이별은 비할 데 없이 아프다. 아픈 것이 아니라 아리고 쓰리다. 우리

민족의 한을 담고 있는 〈아리랑〉의 "아리아리 쓰리쓰리 아라리요."는 즐거운 추임새가 아니라 아리고 쓰리다는 의미가 아닐까!

1
하늘에 깔아 논
바람의 여울 터에서나
속삭이듯 서걱이는
나무의 그늘에서나,
새는 노래한다.
그것이 노래인 줄도 모르면서.

새는 그것이 사랑인 줄도 모르면서
두 놈이 부리를
서로의 죽지에 파묻고
따스한 체온(體溫)을 나누어 가진다.

그것이 무엇인지 모른 채, 아니 의식하지 않은 채 이루어지는 행동, 그것을 우리는 순수라 부른다. 사랑인 줄 모르면서 그저 아끼고, 그저 애틋해져서 어쩌지 못하는 마음, 그 사랑은 얼마나 순수하고 아름다운가. 의식하지 않고 마음을 내비치고, 그저 무의식적으로 상대에게 가까워지고, 상대를 배려하고 감싸는 마음, 그것이 순수한 사랑이다. 내가 배려라고 생각하지 않아도 상대에겐 배려가 되고 내가 이해하려 한 것도 아닌데 상대를 이해한 것이 되는 순수한 마음, 사랑이라 여기지 않아도 이미 사랑인 그 마음, 우리에겐 그런 고운 사랑이 필요하다.

2

새는 울어

뜻을 만들지 않고

지어서 교태(嬌態)로

사랑을 가식(假飾)하지 않는다.

－박남수, 〈새〉 중에서

그 사람을 만나기만 하면 왠지 심장이 파르르 떨린다. 하고 싶었던 말들은 어디론가 사라져버리고, 그저 멀뚱히 마주보기만 한다. 정작 하고 싶은 말은 하지도 못한 채 돌아서면, 벌써 그 사람이 그리워 발길 돌려 다시 만나러 가고 싶은 마음, 그 마음 주체 못해 밤을 새우며 불안에 떠는 한 마리 새가 되는 심정, 그 마음을 가졌을 때가 순수한 사랑이다.

'사랑한다'는 고백 한 번 하지 않아도 그 사람만 만나면 살갑고, 다시는 헤어지고 싶지 않으며, 이대로 언제까지 머물고 싶은 울렁거리는 가슴일 때 느끼는, 그 사랑이 순수한 사랑이다.

손만 잡아도 나의 모두가 그에게 빨려 들어가는 것 같아 전율을 느끼고, 흠칫 뒤로 물러서보기도 하며, 아주 조금씩 길들여져 가는 사랑, 떨림과 편안함이 공존하여 내가 무슨 생각을 하고 있는지, 이 사람이 나에게 무슨 의미인지 혼돈스럽기도 하지만 그 사람 없이는 단 한 시간이라도 못살 것 같은 마음이라면, 그를 순수하게 사랑하고 있는 것이다.

어떤 조건으로 상대를 받아들인 게 아니어서 어디가 좋으냐 물으면 뭐라고 대답하기도 어렵지만 그냥 좋은 느낌, 저절로 그리움이 되고 저절로 사랑이 되는 이 사랑을 나는 순수라 부른다.

굳이 우리 사랑에 의미부여를 하려고도 애쓰지 말자. 사랑이란 소유가 아니라 존재로 서로를 인정할 때라야만 순수하다. 사랑이 소유로 변하는 순간 우리는 이미 사랑에서 순수를 잃어버리고, 이기적인 사랑을 한다. 그러다가 사랑도 변할 수 있음을 아리게 체득하는 날이 온다.

사랑의 고백은 없어도 좋다. 사랑의 증표 따위는 없어도 좋다. 여기서 더 가까이 다가서지 못한들 어떠랴. 좀 더 길들여지지 않은들 어떠랴. 사랑을 말하지 않고도 그대 생각만 하면 애련한 마음으로 간절히 다가가고 싶은 사랑, 그리움에 지쳐 그대를 꿈꾼 날은 그 꿈으로 만족하는 사랑, 그대를 만나면 아직 설레는 마음이 남아 차마 한걸음에 달려가 여린 입맞춤마저 못하고 마냥 풋풋한 마음으로 이 신비로움을 유지하는 순수한 사랑, 그 사랑이 그리운 삶의 계절이다.

'사랑한다' 는 고백 한 번 하지 않아도 그 사람만 만나면 살갑고,
다시는 헤어지고 싶지 않으며,
이대로 언제까지 머물고 싶은 울렁거리는 가슴일 때 느끼는,
그 사랑이 순수한 사랑이다.

사랑할 상대가 없다고 슬퍼할 일도 아니다. 사랑은 자유이거늘, 그 누구든 정말 사랑하고 싶은 대상 하나 정해놓고, 그 사람을 바라보는 것만으로도, 그 사람을 생각하고 그리워하는 것만으로도 얼마든 기뻐할 수 있지 않는가.

피그말리온은 모든 여자를 싫다하고 자기가 빚은 조각상 여인만을 사랑하다 사랑의 기적을 낳는다. 상대를 모두 가지려는 사랑이 환희로울 것 같으나 환희는 순간뿐이다. 지금의 사랑을 지고의 사랑으로 여기는 순간 사랑이 변하지 않는다는 사실 속에 순수한 사랑이 살 수 있다. 사랑하는 일에 나이는 중요하지 않다. 나이가 들었다고 순수한 사랑을 못할 이유도 없다. 상대를 소유의 대상으로 바라보지 않고 존재의 대상으로 바라보면 그 마음은 이미 순수하다. 사람은 사랑한다. 죽는 순간까지 사랑한다. 그 마음을 유지하며 사는 삶이 순수하고, 그 사랑의 불을 끄지 않고 심지를 돋우는 그 사람이 순수하다.

"사랑은 서로 떨어져 있던 두 사람이 하나가 되고자 하는 갈망이다. 떨어져 있는 것이야말로 다시 하나가 될 수 있는 최상의 가능성이다."
−파울 틸리히(Paul J. Tillich)

2
사랑이란
우연일까 필연일까

사람을 사랑하면서 느끼는 첫 감정은 어쩌면 유행가처럼 '우리 만남은 우연이 아니야'가 아닐까. 우연이라 하기엔 만남이 쉽지 않음을 생각하게 되기 때문이다. 조금만 오차가 있어도 만날 수 없는 확률, 어떤 계기가 없으면 가능하지 않은 만남이기에 더욱 신비스럽고 경이롭게 느낀다.

그런 만남을 소중히 여기며 사랑을 쌓아가다보면 세상 모든 일이 우리를 위해 준비된 것만 같다. 조금만 떨어져 있어도 보고 싶고, 절절한 그리움으로 가슴을 조인다. 어떻게 된 일인지 잘 되던 연락이 갑자기 끊기고, 연락이 안 되면 무슨 일이 있는 건 아닐까 안절부절 못한다. 연락해서는 안 될 상황이라 해도 궁금한 마음에 몇 번이나 수화기를 들었다 놓는다. 그렇게 애태우며 간절한 마음으로 사랑을 키운다.

사랑을 하면 세상 모두가 나를 위해 존재하는 것 같고, 그를 사랑하므로 모든 일이 잘 되어 그가 나의 더할 나위없는 운명적 상대임을 확인한다. 이 세상에 우리보다 더 잘 맞는 결합이 있을까. 그렇게 우리는 사랑을 싹틔우고 키워간다. 어떤 불순물도 끼어들 수 없을 것처럼 완벽해 보이는 우리 사랑, 그 어느 사랑보다 아름답고, 그 어느 사랑보다 소중한 우리 사랑이다.

하지만 사랑이라는 것이 마음만으로 이루어지는 것은 아니어서 헤어져야 하는 사랑 앞에서 우리는 가슴 아파하며 이별을 슬퍼한다. 만남이 필연이라면 이별도 필연일 수 있고, 만남이 우연이라면 헤어짐도 우연일 수 있다. 많은 사람들이 오가고 교류하는 세상에서 때로는 이해보다 오해가 앞을 가로막고, 이기심이 배려를 가로막을 수도 있다. 만남에서 헤어짐으로 가는 다리에서 좀 더 숙고해야 하지만 그렇지 못하고 결국 헤어지게 될 때 그 마음을 무엇으로 달랠 수 있으랴.

정호승 시인은 그렇게 깊은 사랑을 해본 걸까. 그는 〈이별 노래〉로 절절하게 우리 앞에 이별의 애절함을 들려준다.

떠나는 그대

조금만 더 늦게 떠나준다면

그대 떠난 뒤에도 내 그대를

사랑하기에 아직 늦지 않으리.

그대 떠나는 곳

내 먼저 떠나가서

나는 그대 뒷모습에 깔리는 노을이 되리니.

왜 몰랐을까. 함께 있을 땐 헤어지는 심정이 그리 아픈 줄을 모르다가 막상 헤어지고 나면 그리도 아픈 줄 알게 되는 게 야속한 우리 마음이다. 진작 알았더라면 함께 있을 때 좀 더 세심한 주의를 기울이며 상대를 배려하고, 이해해주었을 터이다. 하지만 우리 인간은 미리 생각하고 처방하기보다는 일이 터진 후에야 문제를 인식하는 에피메테우스적인 존재다. 평소엔 전혀 문제로 인식하지 못한 것이 일이 벌어지고 나야 그것이 문제였음을 아는 것이다. 친구와의 관계, 연인과의 관계, 그 어떤 관계이든 문제의 요소는 상존하지만 인식하지 못한다. 그러다가 관계에 금이 가야 문제를 발견한다. 그리고 우리는 슬퍼도 하고 울기도 한다. 만남이 소중한 만큼 헤어짐도 소중하고, 만남이 경건한 만큼 헤어짐도 경건하다.

옷깃을 여미고 어둠 속에서

사람의 집들이 어두워지면

내 그대 위해 노래하는

별이 되리니

떠나는 그대

조금만 더 늦게 떠나준다면

그대 떠난 뒤에도 내 그대를

사랑하기에 아직 늦지 않으리.

－정호승, 〈이별노래〉

헤어지려니 남는 아쉬움, 그대에게 해줄 것도 많이 있는데 그대는 떠난다. 내가 조금 더 양보했으면, 내가 조금 더 그대를 위해 배려했으면 그대와의 사랑이 잘 유지됐을 수도 있단 걸 이제 알지만 이미 떠나는 그대를 잡을 수가 없다. 사랑이 깊었던 만큼 안타까움은 더 진하게 가슴을 때리고 또 때린다. 다시 돌아올 수 없는 날들 앞에 서서 내 부족함을 아프게 돌아본다.

한번 맺은 인연을 깨트린다는 것이 얼마나 어렵고 아린 마음이랴. 그대를 떠나보내고 그대와 남긴 그 무수한 이야기들을 어떻게 잊어가며 살까. 그대와 차곡차곡 쌓았던 일들, 함께 공유한 수많은 추억을 어찌 잊을까. 세월이 약이라지만 혹여 그대와 함께 거닐었던 거리를 거닐면 문득 그대가 미소 지으며 살아날 테고, 그대와 함께 보냈던 상황과 비슷한 상황에 처하면 참을 수 없는 그리움이 왈칵 솟아 내 눈을 젖게 만들 터인데, 이별하는 일이 어찌 쉬울까.

아쉽게 떠나보낸 그대, 나의 잘못으로 떠나보낸 그대, 그래서 더 안

왜 몰랐을까.
함께 있을 땐 헤어지는 심정이 그리 아픈 줄을 모르다가
막상 헤어지고 나면 그리도 아픈 줄 알게 되는 게 야속한 우리 마음이다.

타까운 마음으로 그대를 보내고 나면 한동안은 그대 생각으로 가득한 내 마음 비우지 못하고 그대 가는 길을 상상으로라도 따라 살 것이다.

사람을 기억 속에 간직하는 일은 어쩌면 쉬운 일일 수도 있다. 하지만 그렇게 기억된 이름을 지운다는 건 무척 어려운 일이다. 그대와 비슷한 존재를 만나면 우선 그대를 생각하며 그대와 비교하고, 그대를 기준으로 삼는다. 그러니 그 누구를 만나도 그대는 언제까지나 내 사람으로 남아 있다. 그렇게 아린 마음을 상처라고 한다면 볼 때마다 기억할 때마다 아픔으로 남는다.

오스트리아의 여류작가 마리 폰 에브너-에셴바흐(Marie von Ebner-Eschenbach)는 "사랑은 고통이다. 하지만 사랑 없는 삶은 죽음이다." 고 말한다. 차마 보낼 수 없었던 이별 앞에서 우리는 얼마나 많은 날들을 불면의 밤으로 보내야 하던가. 그것을 필연으로 받아들이고, 운명으로 받아들이기까지 얼마나 많은 날들을 괴로워해야 하는가. 만남만 있고, 사랑만 있고, 기쁨만 있는 세상을 살고 싶어서 그대를 사랑하고 그대를 그리워한다. 그리고 이제 함께하고 싶은 날들, 그 날들을 기억에서 지우고 새로운 기쁨을 맞이하려면 우리에겐 얼마나 많은 시간들이 필요할까.

우리가 사랑한 날의 열 배 이상의 시간을 소비해야만 그나마 조금이라도 기억을 잊을 수 있으려나. 미워해서 잊을 수 없는 사랑이라면, 차라리 떠나간 사랑을 사랑으로 간직하며 이별로 승화하는 것이 나으리라. 세월이 많이 흐르면 상처는 아물고, 필연적으로 더 이상 아프지 않게 되는 날도 온다. 사랑의 상처가 아련한 흔적으로만 남는 날, 나는 그대를 고운 사랑의 추억으로 간직할 수 있으리.

"사랑은 고통을 이겨낼 수 있다. 그러나 사랑은 갈등이 숨어 있는 곳에는 그 뿌리를 내리지 않는다."
─ 니콜라이 하르트만(Nicolai Hartmann)

3
잊혀진 사람,
가장 불쌍한 사람

내게서 잊힌 사람은 내게서 죽은 사람이다. 아무리 죽고 못 살 정도로 깊이 사랑했어도 너를 잊기로 작정하여 온전히 내 마음에서 몰아낼 수 있다면, 그렇게 아주 하얗게 너를 잊을 수 있다면 너는 내게서 죽은 사람이다. 이제껏 내가 소유했던 그 무엇들, 그토록 소중하게 여겼던 귀중품들, 세월 속에 묻어버려서 내 기억에 없는 것들은 이미 내게서 죽은 것들이다. 내가 기억하는 것, 내가 인식하는 것만이 내 안에서 살아 숨 쉰다.

잊히는 것처럼 서글픈 일도 없다. 내가 그를 잊는다는 건, 이미 내 마음에서 그를 죽인 것이며 나에게서 그는 완전한 퇴출을 당한 것이다. 누구나 모든 것을 기억하며 살지 않는다. 또한 모든 것을 기억할 수도 없다. 제 삶에 있어서 특별한 것만을 기억한다. 그렇게 기억하고도 가끔은 잊고 사는 것이 우리의 삶이다.

한시도 잊지 않고 기억하고 있다면 그것은 사랑이다. 사랑한다는 것은 특별한 감정으로 누군가를 늘 기억하는 것이며, 사랑을 받는다는 것은 누군가의 마음속 기억의 한 자락을 차지하는 것이다.

권태로운 여자보다 더 불쌍한 것은 슬픈 여자예요

슬픈 여자보다 더 불쌍한 것은 불행한 여자예요

불행한 여자보다 더 불쌍한 것은 버려진 여자예요

버려진 여자보다 더 불쌍한 것은 떠도는 여자예요

떠도는 여자보다 더 불쌍한 것은 쫓겨난 여자예요

쫓겨난 여자보다 더 불쌍한 것은 죽은 여자예요

죽은 여자보다 더 불쌍한 것은 잊혀진 여자예요

－ 마리 로랑생(Marie Laurencin), 〈잊혀진 여자〉

사랑이란 특별한 한 사람을 내 마음으로 초대하여 그만의 방을 만들어주는 일이다. 그리고 그를 자주 들여다보며 그리워하고 보고파하는 것이다. 그가 내 안에 사는 것이다. 그를 잊는다는 것은 그의 방을 폐쇄하고, 그를 내 마음에서 완전히 내보냄을 의미한다. 더 이상 그는 나와 아무 관계가 없으며, 나에게 없는 존재다. 잊힌 사람은 죽은 사람이다. 내가 잊은 사람은 내가 죽인 사람이다. 그래서 사람을 잊는다는 것은 무서운 일이다. 그를 내 마음에서 죽이는 일이니까 말이다. 누군가를 초대하고 그를 길들이려면 그의 모든 것을 책임질 마음이 있어야한다. 일시적인 감정으로 그를 길들이고자 하는 것은 상대를 모욕하는 일이다. 마음으로 죽이는 일이 어쩌면 가장 무서운 일일 수도 있으니까. 그래도 가슴 한 구석에 조금이라도 살아 있다면 나는 그의 인식 속에 있지만 전혀 그의 기억 밖에 있다면 그와 나의 인연은 완전히 끝나버린 것이다.

마르지 말아라, 마르지 말아라.
영원한 사랑의 눈물이여!
아아, 눈물 마른 눈에 비치는 이 세상이란
얼마나 황량하며
그 얼마나 죽은 것으로 보이랴!
마르지 말아라, 마르지 말아라.
불행한 사랑의 눈물이여!

－괴테, 〈슬픔의 환희〉

어제의 연인이 완전한 타인이 되고, 어제의 타인이 지금의 연인이 되는 것은 기억과 잊힘의 차이일 뿐이다. 물리적인 충격으로 잊히는

죽은 여자보다 더 불쌍한 것은 잊혀진 여자예요

사람일 수 있고, 시간의 감옥 속에 잊히는 사람도 있다.

한때는 잊으며 산 날들이 있다. 아니 잊은 척하고 살았을 뿐이라는 것을 이제야 안다. 생각할 겨를도 없이 사느라 잊은 줄 알았던 것뿐이다.

나이가 들어 인생의 반환점을 돌면서 잊은 척 밀어두었던 추억들을 끄집어내게 된다. 뒤를 돌아보는 나이다. 돌아보면 얼굴을 붉히게 만드는 일이 많다. 하지만 그렇게 얼굴 붉어질 일마저 없었다면 삶은 무척 무미건조할 것이다. 그럼에도 기억나지 않는 일들, 기억나지 않는 사람들이 많을 것이다. 많은 것을 망각하며 살아온 날들이니까. 나 또한 누군가의 기억 속에서 어떤 흔적으로도 남지 않은 채 살아왔을 것이다.

기억에 남는 이들, 그 일들이라도 고운 추억으로 포장한다. 이제는 추억을 떠먹으며 살아가야 할 나이니까. 우리는 새로운 누군가를 만나는 것을 꺼리고 두려워한다. 나이가 벽이 되어 새로운 만남을 방해한다. 길들이는 것이 두렵고, 길들여지는 것이 두려워서다. 그 뒤에 책임이 따른다는 것을 경험으로 배웠기 때문이다. 그렇게 스스로 벽을 만들며 살다보면 인생은 점점 더 삭막해진다.

"사랑은 목표가 아니다. 사랑은 단지 여행일 뿐이다."
– 데이비드 허버트 로렌스(David Herbert Lawrence)

어제 살았던 것처럼 오늘을 살고, 오늘 사는 것처럼 내일도 살면 된다. 인생의 중반기니 후반기니 그런 생각으로 스스로 감옥을 만들지 말고, 오늘을 살아야 한다. 떠날 때 모든 기억을 지우고 가야 한다는 강박관념에 사로잡히지 말고, 자연스럽게 그저 오늘을 살면 된다. 만나고 정리하고, 새로운 추억을 만들며 살아야 한다.

4
처음이란 말이 주는
긴장과 설렘의 즐거움

처음이란 말이 설렘을 주는 것은 약간의 두려움과 약간의 호기심이 결합했기 때문이다. 이제껏 경험한 적이 없는 일을 만날 때의 두려움과 설렘은 우리 삶에 생기를 불어넣어주고 무의미한 삶에 윤활유가 되기도 하고, 때로는 지쳐서 삐걱거리는 우리 삶을 신나고 기운차게 한다.

처음이란 것이 늘 처음으로 남는 것은 아니지만 처음이란 늘 가슴을 두근거리게 한다. 그리고는 우리 곁을 스쳐 지나간다. 처음이 더 아름답게 느껴지는 건 다시는 돌아갈 수 없는 것이기 때문이다. 무슨 일에서든 처음이란 말은 그 일에선 한 번만 주어진다. 그래서 처음이란 말은 소중하다. 누군가에게 건넨 첫 마디, 누군가에게 느낀 첫 인상, 처음 본 풍경 등은 쉽게 그 마음을 차지한다. 그리고는 그 자리를 내주려하지 않는다. 싫든 좋든 처음이란 것은 그렇게 우리의 기억 속에 오래 자리한다.

아아, 누가 가져다주랴
그 아름다운 날들
첫사랑의 그 날들을

아아, 누가 가져다주랴
그 사랑하던 시절의
다만 한 조각 짧은 순간이라도!
난 홀로 쓸쓸히 마음의 상처를 안은 채
끊임없이 탄식하며
잃어버린 행복을 슬퍼하고 있다오.

아아, 누가 가져다주랴,
그 아름다운 날들을
그 사랑하던 시절의 다만 한 순간을.
— 괴테, 〈첫사랑의 실연〉

우리 일생에 첫사랑은 한 번뿐이고, 당신과 나의 첫 만남도 한 번뿐이다. 그래서 우리는 늘 첫사랑을 기억에서 내려놓지 못하고, 첫 만남의 순간, 첫 키스의 황홀함, 첫 고백의 떨림을 기억에서 지우지 못한다. 처음이란 무슨 일에서든 한 번만 주어지는 것이기에 더 기억에 남고 우리를 아련하게 한다.

인생이 생기 있으려면 처음을 찾아다녀야 한다. 처음 가보는 거리, 처음 가보는 산, 처음 만나는 사람, 처음으로 대하는 그 모든 것들이 나를 깨우고 생기 있게 한다. 처음을 찾으려 하지 않는 게으름이 우리를 권태롭게 하고 삶에 회의를 느끼게 만든다. 잃어버린 설렘, 잃어버린 행복, 잊어버린 아찔한 감각, 그 모든 것들은 우리가 잃은 채 살아가는 '처음'이란 말의 상실에서 온다.

지금 함께 지내는 사람이라고 해서 그 사람과 처음이란 그 무엇이 있지 말란 법은 없다. 새로운 마음을 가지면 상대가 누구이든 그 순간 처음이다. 지금의 내가 어제의 내가 아니듯, 내일 만날 나는 내가 처음 만날 나 자신이다. 오늘이 1월 1일이면 오늘은 오늘로 끝나고 내일은 새로운 날이며 1월 2일이다. 이렇게 날들은 다시 만날 수 없는 것처럼 나란 존재도 항상 새로운 존재이며, 너란 존재도 항상 새로운 존재이다. 너 또한 이미 어제의 네가 아니다. 어제를 고집하지 않으면 우리는 항상 첫 마음으로 살아갈 수 있으니, 옆에 있는 너와 나도 언제든 새로운 그 무엇을 충분히 가질 수 있다.

나는 첫사랑에게 웃어주었다.

둘째 사랑에게는 눈물을 주었다.

셋째 사랑에게는 아주 오랫동안 깊고 깊은 침묵을 선물했다.

첫사랑은 내게 노래를 주었다.

둘째 사랑은 내 눈을 뜨게 해주었다.

그런데 나의 셋째 사랑은 내게 나의 영혼을 선물했다.

– 새러 티즈데일(Sara Teasdale), 〈선물〉

처음엔 사랑이 기쁨인 줄 알고 시작했다가 사랑이란 함께 있는 행복과 떨어져 있는 그리움, 또는 아픔이 공존하는 것임을 배운다. 그러면서 사랑에 대한 진지한 태도를 갖는다. 우리는 사랑을 하며 많은 것을 배운다. 사랑이 아픔으로 끝나든 행복으로 이어지든 우리는 사랑에서 많은 것을 배운다. 무엇이든 반복할수록 향상되는 것처럼 사랑도 많이 할수록 진보한다.

사랑을 하면 할수록 깊어져서 진정한 사랑이란 삶의 노래이며, 세상을 다르게 보는 눈을 저절로 갖게 됨도 배운다. 진정으로 변치 않는 사랑이란 상대의 영혼까지도 책임지고 나의 것으로 여겨야 함을 알게 된다.

'처음', '첫', 그 상큼한 수식어를 되뇌기만 하여 아쉬움 속에 빠져 있을 때 삶은 회의적이며 진부해진다. 조금은 위험이 따르더라도, 조금은 모험이라 해도, 처음을 만나기 위한 두려움과 설렘 속으로 들어가 보라. 거기에 내 인생을 빛나게 하고, 내 삶에 아름다운 긴장을 주는 첫 경험이 기다리고 있다. 처음을 많이 찾는 나에게 행복이라는 단어, 사랑이란 의미, 기쁨이란 언어들이 스며든다.

하지만 나이가 들수록 '첫', '처음'이란 단어는 잊혀져간다. 타성에 젖고 매너리즘에 빠져 별다른 자극 없이 살아간다. 나이가 들수록 인생의 굴곡이나 곡절은 줄어들게 마련이다. 그러다보니 삶의 긴장도 줄어든다. 긴장이 없는 삶은 점차 우리를 무기력하게 몰아간다.

그러므로 세월이 갈수록 더러는 사건을 만들며 살 일이다. 때로는 긴장하고, 때로는 자극을 받고, 그 뭔가에 도전을 받아야 건강한 삶을 이어갈 수 있다. 움직이지 않는 삶, 고여 있는 삶은 서서히 죽어가는 삶이다. 살아 있는 동안은 긴장을 유지하며 살아야 삶의 나무가 튼실하고 굳건하여 당찬 모습을 보여줄 수 있다. 늘 처음이란 말과 느낌을 현실에서 만들며 살아야 한다. 설레는 마음, 긴장된 마음, 뭔가를 기다리는 초조함, 그런 긴장과 갈등이 삶을 윤택하게 해준다.

"사랑은 최고의 선이다. 사랑은 모든 것의 중심에 서 있다. 사랑은 우리의 인생을 하나이게 하는 위대한 힘이다."
−마틴 루터 킹(Martin Luther King Jr.)

5
사랑,
헝클어진 나를 정리해주는 사람이여

'사랑이 깊으면 외로움도 깊어라' 라는 노래가 있다. 누군가를 사랑하면 늘 그 사람과 함께 있고 싶다. 잠시라도 떨어져 있으면 벌써 그 사람이 그립고, 그렇게 떨어져 있는 시간들이 안타까워 그리움이 타오른다. 하루가 천 년처럼 길게 느껴지는 헤어져 있는 시간들, 그리워서 못내 아픈 시간들, 그 시간들에 겪어야 하는 괴로움의 농도가 그를 향한 사랑의 깊이다.

내 모든 것을 이해하고 받아줄 만한 사람이 바로 그라는 인식이 올 때 나는 그에게 진한 사랑을 느낀다. 그렇게 사랑을 쌓아가는 중에 헤어져 있는 시간들은 우리를 헤어날 수 없는 괴로움에 젖게 만든다.

그리움의 뜻을 아는 사람만이

나의 괴로움을 알아줄 거예요.

세상 모든 즐거움에서

나만 홀로 벗어나 있네요.

나는 푸른 하늘 저쪽을 바라보고 있어요.

아아! 나를 사랑하고

알아주시던 분은

머나먼 곳에 계시네요.

눈앞이 캄캄하고

내 가슴은 불타고 있어요.

그리움의 뜻을 아는 사람만이

나의 고뇌를 알아줄 거예요.

– 괴테, 〈그리움의 뜻을 아는 사람만이〉

사랑에도 제약이 있고 경계가 있게 마련이다. 좀 더 일찍 만났으면 좋았을 텐데 그러지 못해 아쉬운 사랑도 있을 테고, 더는 앞으로 나갈 수 없는 사랑의 안타까움을 앓아야 할 만남도 있을 터이다. 60억이 넘는 인구가 60억의 각기 다른 마음으로 살아가는 세상에서 일어나지 않을 일이 무엇이 있으랴.

그리움의 뜻을 아는 사람만이 나의 괴로움을 알아줄 거예요.
세상 모든 즐거움에서 나만 홀로 벗어나 있네요.
나는 푸른 하늘 저쪽을 바라보고 있어요.

우리 삶은 도무지 가늠할 수 없을 만큼 다양하다. 그렇게 다양한 삶을 지속하는 사람들 속에 살아가며 누군가 나를 받아주고 이해해주기를 바란다는 것 자체가 무모한 일인지도 모른다. 그럼에도 나는 이해받고 싶고 배려받고 싶다. 그러한 반복 속에서 채움이 없어 공허한 마음이 되기도 한다. 나는 누군가를 사랑하고 싶으며, 동시에 누군가에게 사랑받고 싶다. 그런 나를 조금이라도 헤아릴 수 있는 너는 나를 사랑하는 사람이다. 그런 너를 이해하려 애쓰는 나는 너를 사랑하는 사람이다. 사랑은 서로를 알려 하기보다는 상대의 깊은 혼란 속으로 걸어 들어가 한 곳에라도 머물러 정돈하려는 발로이다. 사랑은 질서이다. 헝클어진 마음을 정리해주는 질서이다.

너의 속에 들어가 아주 작은 곳에라도 내 방을 마련하고, 네가 가끔씩 잊지 않을 만큼만 들여다 보아주는 관심을 보이기만 하면 되는, 그렇게 위로받음으로 족한 것이 사랑이다. 살다보면 더 사랑받고 싶은 마음이 일어난다. 마음먹은 대로 사랑이 진행되지 않아 짜증나기도 하고 욕심 부릴 때도 있다. 하지만 사랑은 내가 너의 일부를 점령하는 일이며, 네가 나를 기억해주는 일이다.

사랑은 완벽하지도 않고 완전히 정리되어 있지도 않다. 그래서 혼란스럽고 갈등도 많은 게 사랑이다. 그 사랑 때문에 고민하고 괴로워하며 죽고 싶을 만큼 삶의 의욕을 상실하기도 한다. 그런 갈등과 고통이 우리를 역동적으로 살아가게 만든다.

그런데 인생 2막에 접어들면 갈등보다 평안을 원하며 굴곡보다 평탄한 삶을 원하게 된다. 전반부에는 때로 모험도 즐기고 무모하리만치 열정적인 삶을 보내며 굴곡진 삶을 즐긴다. 그러다 후반부에는 모험에서 멀어지고 평안을 찾으려 한다.

하지만 건강한 삶을 원한다면 일부러라도 긴장을 즐겨야 한다. 말 없이 고요한 호수보다는 요동치며 흘러내리는 계곡물 소리가 더 볼만하듯이, 나이가 들었다고 무엇을 주저하거나 두려워하지 말고 사랑에서도 멀어지려 할 일이 아니다. 긴장된 삶은 우리 정신을 건강하게 하는 힘이며, 사랑은 우리 삶을 영위하는 추동력이기 때문이다. 사랑이 타오르면 그 마음 타오르게 하고, 때로는 그로 인해 다가오는 갈등과 고통도 즐길 수 있어야 한다. 그 사랑은 비단 이성에 대한 사랑만이 아니다. 무언가 하고 싶은 일, 호기심이 이끄는 그 무엇도 나는 사랑이라 부른다. 무언가 할 일이 있다는 의식, 하고 싶은 그 무엇이 있다는 생각이 있을 때 우리는 삶의 가치와 의미를 발견할 수 있다.

"사랑이란 치료이자 상처이며, 귀향이자 이별의 고통이다. 사랑이란 서로가 최후의 고독을 떠맡는 것이다."
– 첸타 마우리나(Zenta Maurina)

6
죽기전에 한 번쯤은
사랑에 미쳐보자

소중한 목숨을 내던지고 고통을 감내하며 십자가를 진 예수는 사랑의 화신이다. 사랑하는 민중을 위해 무언가 하지 않으면 안 되는, 도저히 견딜 수 없는 깊은 사랑 때문에 예수는 십자가를 졌다.

진정한 사랑은 송두리째 나를 던져버리는 일이다. 그를 위해 그렇게 하지 않고는 미칠 것 같고 견딜 수 없는 마음이 일 때, 그 사랑은 깊고 깊은 사랑이다. 평생 살아가면서 그런 사랑을 만나기란 쉽지 않은 일일 터이지만 우리가 살아가는 순간, 살아 있는 순간 그 자체가 사랑이다. 살아 있음은 삶에 대한 사랑이며 죽음에 대한 반발이다.

사랑은 힘이 있다. 정말로 내가 누군가를 사랑한다면 그 누구도 나를 가로막을 수 없다. 정말로 내가 무언가를 사랑한다면 나는 그 무언

사랑은 힘이 있다.
정말로 내가 누군가를 사랑한다면 그 누구도 나를 가로막을 수 없다.
정말로 내가 무언가를 사랑한다면 나는 그 무언가를 위해 목숨을 내어놓을 수 있다.

가를 위해 목숨을 내어놓을 수 있다. 그러기 위해서는 나는 그 사랑에 미쳐야 한다. 무엇에 미치지 않고야 어찌 목숨을 내어놓고, 그 위험한 지경에 뛰어들 수 있으랴. 살짝 미치게 하는 그 무엇이 우리에겐 필요하다. 살짝 긴장하게 하고, 좀 더 움직이게 만드는 그 무엇이 있어야 우리는 팽팽한 젊은 마음을 유지할 수 있다. 그 사랑, 누군가에 대한 사랑, 그 무엇에 대한 사랑, 우리에겐 그 사랑이 필요하다. 우리 삶에 있어서 우리를 진지하게 만들고 송두리째 내 모두를 포기할 수 있게 하는 것이 사랑이다. 그래서 우리는 사랑이란 단어를 좋아한다.

독일의 서정시인 마티아스 클라우디우스(Matthias Claudius)는 〈사랑〉을 이렇게 노래한다.

그 무엇도 사랑을 가로막지 못한다.
사랑은 빗장도 대문도 알지 못한다.
그래서 사랑은 모든 것을 뚫고 나올 수 있다.
사랑은 시작도 없이 영원한 날개를 펴고
앞으로도 영원히 날갯짓할 것이다.

그렇다고 사랑이 기쁨만을, 웃음만을 주지는 않는다. 오히려 진한 사랑일수록 더한 슬픔과 고독을 안겨주기도 한다. 정상이 아닌 아이라고 해서 그를 비정상적으로 대하는 어머니가 있다면 그 어머니의 마음은 오히려 홀가분해질 수 있다. 그러면 그 아이는 한낱 보잘것없는 동물로 다가올 것이다.

사랑의 대상일 때 인간이 인간으로 다가온다. 미움의 대상, 증오의 대상으로 인간이 다가온다면 그는 이제 인간이 아니다. 나를 괴롭히는 동물에 다름 아니다. 사람들과 섞여 살고 있다는 생각, 더불어 살고 있다고 생각하는 동안 우리는 사람이다. 이처럼 사랑은 사람을 사람으로 보게 하고 생명을 생명으로 보게 한다.

사랑처럼 위대한 의식도 없다. 이 사랑이 우리 삶 속에서 통과의례를 만들어내고 관계를 이끌어낸다. 이 세상에 존재하는 모든 제도, 모든 관계들은 사랑으로 연결되어 있다. 이렇게 유지되고 보수되고 이어지는 것 속에서 사랑을 제거한다면 모든 것은 죽는다. 모든 것은 기능을 잃는다. 사랑은 모든 것을 의미 있게 하는 위대한 이름이다. 사랑처럼 강한 가치와 의미는 없다.

보다 열정적으로 삶을 영위하게 해주는 게 사랑이다. 게으름에서 벗어나 부지런히 움직이게 해주고, 절망 속에서 일어나 용기를 얻게

"사랑의 비극이란 없다. 단지 사랑이 없는 곳에만 비극이 있다."
－시몬 데스카

해주는 것도 사랑이다. 사랑은 이렇게 힘이 있다. 살짝 미치면 꽤 용기를 얻고 좀 더 미치면 불가능할 것 같던 일도 해결하고, 그 벽을 넘을 만한 용기를 갖게 한다. 삶이 비록 버겁더라도 나를 미치게 만드는 사람이 있다면 나를 미치게 만드는 그 무엇이 있다면 나는 살만한 세상을 즐기며 살 수 있으리라.

7
3퍼센트의 사랑
97퍼센트의 미움 사이

사랑은 혼자 오지 않는다. 여럿을 데리고 온다. 기쁨, 환희, 즐거움, 희망, 용기, 이렇게 아름다운 단어들을 데리고 온다. 또한 사랑은 다른 것들도 데리고 온다. 시기, 질투, 오해, 미움, 집착, 욕심, 투기, 아픔 등 부정적인 것들도 데리고 온다. 이렇게 긍정적인 것들과 부정적인 것들이 한데 어울려 혼돈스러운 상태 속에 빠지게 만드는 것도 사랑이다. 이런 혼돈 속에서 질서를 찾아가는 게 사랑이다. 그래서 사랑은 인내를 필요로 한다.

기다림이 없으면 사랑이 아니다. 부정적인 것들, 그 강한 것들이 긍정적인 것들에게 조금씩 자리를 내주고 난 후에라야 사랑은 제 길을 찾아낸다. 부정적인 것들이 훨씬 더 많은 자리를 차지하고 괴롭히지만 사랑이 최후의 승리를 얻을 수 있다면 그 아픔들을 다 상쇄하고도 남을 3퍼센트의 기쁨이 있기 때문이다. 사랑하는 마음 3퍼센트면 능히 미워하는 마음 97퍼센트를 지우고도 남는 힘이 있다. 그래서 사랑은 미움보다 강하다.

책들 중에서 가장 아름다운 책은 사랑의 책이다.

조심스럽게 난 그것을 읽었다.

즐거움은 불과 몇 장뿐이었고, 한 권이 온통 괴로움이었다.

이별이 한 대목

재회! 짧은 장이 토막 나 있다.

권권이 주석 붙인 연민들로 연장되어 있다.

끝없이, 무한정……

그러나 마지막에 난 진정한 길을 찾아냈다.

풀기 힘든 일

누가 그것을 풀까?

사랑하는 사람끼리 서로 만나서.

— 괴테, 〈사랑의 책〉

온통 기쁨과 아름다움을 담고 있을 것 같은 이 사랑에 사랑의 진액이라고는 10퍼센트도 되지 않는다. 나머지는 괴로움이고 외로움이며 슬픔이다. 긴장으로 이끄는 줄다리기의 연속이다.

베스트셀러가 되는 러브로망의 조건은 수없이 반복되는 갈등구조이다. 시청률을 끌어올리는 인기 드라마 역시 갈등과 슬픔, 끝없이 이어지는 아픔으로 이어져 있다. 아름다운 이름을 가진 사랑에는 거의 가득 기쁨보다 눈물이 채워져 있다. 불과 몇 줄 안 되는 사랑의 기쁨 때문에 러브로망은 쓰이고, 극적인 구조의 드라마 또한 마지막 회의 기쁨을 위해 연출된다. 하지만 그 마지막 몇 분 안 되는 짧은 시간 속에 담긴 아름다운 모습이 우리의 마음을 기쁨으로 채운다.

애써 이룬 사랑이 더한 기쁨과 환희를 주는 것은 그 사랑의 전반부가 너무 힘겨운 일들로 채워져 있기 때문이다. 남는 것은 짧은 사랑이지만 그 사랑은 우리를 환희롭게 하고 이제껏 감내해온 고통들을 일시에 날려버려 준다.

독일 시인 프리드리히 뤼케르트(Friedrich Rückert)는 〈너는 나의 영혼〉이란 시에서 사랑의 기쁨을 이렇게 노래한다.

그대 나의 영혼

그대 나의 심장

그대 나의 기쁨

오 그대 나의 고통

그대 나의 안식처

그곳에서 나는 삶을 누린다.

그대 나의 천국

그 안에서 나는 몸짓한다

오, 그대 나의 무덤

나는 그곳 깊숙이 나의 비애를 영원히 묻었노라!

그대 나의 휴식

그대 나의 평화

그대는 나에게 주어진 하늘이다

그대 내게 사랑으로 의미를 부여하고

그대 눈빛은 나를 환히 비춰주며 이끌어준다

나의 선량한 정신을

더 나은 나의 존재를.

사랑의 기쁨은 비록 짧아도 긴 시간 동안의 모든 고뇌를 상쇄해주는 특이한 힘이 있다. 잉태한 어머니는 뱃속의 아이를 위해 먹고 싶은 음식도 자제하고, 하고 싶은 일들도 가려 하면서, 불편한 몸을 이끌고 수개월을 견딘다. 그 시간들은 일반적으로 보면 불편함의 연속이다. 모정이 없다면 누가 그 번거로운 일을 견디랴. 그렇게 참아내고 죽음보다 더한 마지막 고통을 견디면서 드디어 생명을 탄생시킨다. 길지 않은 단말마의 고통 끝에 그 짧은 순간의 극한 환희를 맛본다. 그 사랑은 깊고 진하다. 그 사랑을 위해 어미는 자신을 희생하고 아이를 탄생시킨다.

어쩌면 사랑은 내 삶의 일부분이지만 사랑은 모든 것이기도 하다. 결국 괴로움도 사랑의 일부, 외로움도 사랑의 일부, 고통도 사랑의 일부였음을 모정은 가르쳐준다. 이 세상에 이보다 더 중요한 가치, 고상한 가치는 없기에 오늘도 우리는 사랑한다. 사랑이 곧 사람이며, 삶 그 자체이기에.

"사랑은 홍역과 같다. 우리는 누구나 그것을 거쳐야 한다."
- 제롬(J. K. Jerome)

8
사랑에 깊이 빠져보지 않았다면
인생을 논하지 말라

사람은 감정의 동물이다. 감정이 없으면 사람이 아니다. 그런데 때로는 이 감정이 무서울 때가 있다. 감정이란 우리의 생각을 달라지게 만드니까. 감정이란 말은 글자로는 두 글자밖에 안 되지만 사람마다 감정이 다 다르니 그 감정을 측량할 수도 없다. 크기를 잴 수도 없다. 1만의 사람이면 1만의 감정이 존재하니 그 감정을 어찌 조율할까. 그럼에도 사랑은 감정을 조율하는 일이다.

어떤 이는 존경으로 사랑을 시작하고, 어떤 이는 우정으로 사랑을 시작하고, 어떤 이는 환희로 사랑을 시작하고, 어떤 이는 욕망으로, 어떤 이는 집착으로 사랑을 시작한다. 그 어떤 정답도 없는 사랑, 그 사랑은 때로 우리를 아프게도 하고 힘들게도 만든다. 그럼에도 우리는 사랑을 한다. 사랑 없이는 살 수 없다는 것을 우리는 알고 있고, 느끼고 있으며 체험하며 살고 있기 때문이다. 괴롭고 힘겨워도 사랑이 우리를 무료하지 않게 해주고 인생의 가치와 살아갈 의미를 부여해준다는 걸 우리는 알고 있기 때문이다.

> 손등에 하는 키스는 존경의 입맞춤
>
> 이마에 하는 키스는 우정의 입맞춤
>
> 뺨에 하는 키스는 희열의 입맞춤
>
> 입술에 하는 키스는 복된 사랑의 입맞춤
>
> 감은 눈 위에 하는 키스는 그리움의 입맞춤
>
> 손바닥에 하는 키스는 욕망의 입맞춤
>
> 팔에 하는 키스는 탐욕의 입맞춤
>
> 아무 곳이나 닥치는 대로 하는 키스는 광기의 입맞춤.
>
> – 프란츠 그릴파르처(Franz Grillparzer), 〈입맞춤〉

순조롭게 진행되는 사랑도 있다. 잘 엮어져 아무런 갈등 없이 서로 가까워지는 사랑도 있다. 반면 두 사람은 전혀 문제없이 서로 사랑하는데 주변 여건이 그들의 사랑을 어렵게 만드는 경우도 있다. 하나의 벽을 넘으면 또 다른 벽이 나타나서 이들의 사랑을 방해한다. 그래도 그 고운 사랑을 지켜내려고 참고 참아 드디어 사랑을 이룬다. 그 사랑은 얼마나 기쁠까. 두 사람 사이의 끈끈한 사랑으로, 오직 사랑만으로 함께 어려움을 이겨내고 지켜낸 사랑, 얼마나 기쁠까. 어려운 문제들이 사라지고 이제 두 사람은 아무런 제약 없이 사랑을 나눈다.

장미에 가시가 있는 것처럼

삶에는 고통스런 일이 있게 마련이다.

가련한 마음이 아무리 그리워하며 노래한다 해도

결국은 서로가 헤어질 수밖에 없는 것이다.

나는 언젠가 그대 눈에서 사랑과 행복의 빛을 보았다.

안녕, 너무나 아름다웠던 나날이어라.

안녕, 그런 날이 차라리 없었으면!

― 셰펠(Joseph Victor von Scheffel), 〈삶에는 슬픈 일이 있기 마련이에요〉

그런데 고통을 딛고 아름다운 사랑이 펼쳐지려는 순간, 상대에 대한 익숙함과 정겨움이 사라지고 어제와는 딴 사람처럼 느껴지며 공허해진다면 그건 얼마나 비극적인 사랑인가.

사람은 감정의 동물이어서 그 방향을 종잡을 수가 없다. 그 흔들림을 종잡을 수 없다. 이런 지독한 감정 변화를 예측할 수 없는 것이 사람이기에 우리는 삶 앞에서 잠시도 긴장을 늦추지 못한다. 평생 그녀를 천사처럼 모시고 모든 열정을 그에게만 바쳐도 아무런 회한 없이

두
사
람

사
이
의

끈
끈
한

사
랑
으
로,

오
직

사
랑
만
으
로

함
께

어
려
움
을

이
겨
내
고

지
켜
낸

사
랑,

얼마나 기쁠까.

내 인생에 오직 기쁨만 충만할 것 같아서 그 사람을 죽을 만큼 사랑하기도 한다. 나의 모두를 던져 사랑한다는 그 하나만으로도 지상의 모든 행복을 독차지한 주인공이 된 듯하다. 그토록 지독하게 뜨거운 사랑을 하다가도 어느 순간 돌아서는 마음이 있을 수 있다. 이것이 우리 인간의 감정이다.

뜨거움이 더할수록 감정의 기복도 더 클 수 있다. 그러니 뜨거움이 좋은 것만도 아니다. 많이 사랑하는 것 같지 않으면 어떠랴. 평화로운 들녘에서 부는 바람에 선들거리며 흔들리다 중심을 잡으며 다시 서는 들풀처럼, 그 들녘에 부는 바람처럼 흔들리며 중심을 다시 잡는 농익은 감정의 사랑이 좋을 수도 있다.

너는 한 송이 꽃

그처럼 사랑스럽고 예쁘고 순수한 너

나 너를 바라보고 있노라면

슬픔이 가슴속으로 살금살금 다가오지.

난, 마치 두 손을 너의 머리 위에 놓은 자세로

신이 너를 보호해주시길 기도하는 거야.

그만큼 순수하고 예쁘고 사랑스러운 너.

－하인리히 하이네(Heinrich Heine), 〈너는 한 송이 나의 꽃〉

변덕이 심한 우리의 마음, 장담할 수 없는 우리의 마음, 처음 만나 인연을 맺을 때는 사랑으로 살지만, 함께한 세월이 쌓일수록 사랑의 마음은 식어만 가고, 있는 듯 없는 듯 정으로 사는 것이 인생이라고 노래하지 않는가. 중년이란 나이는 사랑을 잃어가는 나이다. 사랑이란 이름 대신에 정을 기억하는 나이다. 사랑이든 정이든 끈끈한 인간관계를 이어주고 인연을 끈질기게 유지하는 것이니 같은 것이라고 볼 수도 있다. 하지만 사랑과 정이 어찌 같을 수 있으랴. 정으로 산다는 것은 스스로를 비하하는 일이다. 사랑은 곧 삶이다. 사랑이 없는 마음은 죽은 마음, 사랑이 없는 인생은 죽은 인생이다. 살아 있는 순간은 나이와 관계없이 사랑을 해야 한다. 사랑이 있어야 한다. 언제까지나 사랑을 하며 사는 사람이 아름답다. 나이가 들수록 오히려 사랑을 깨우며 살아야 한다. 그래서 생동감 있는 인생을 만들어야 한다. 인생은 끝까지 아름다워야 하고, 우리 모두는 자신의 인생을 아름답게 가꿔야 할 의무가 있다.

"사랑은 상실이며 단념이다. 모든 것을 남에게 주어버릴 때 사랑은 더욱 풍부해진다."
– 빅톨 위고(Victor-Marie Hugo)

9
사랑, 인생 3라운드를
생동감 있게 만드는 미약

남자는 강한 것 같지만 약할 때는 한없이 약하다. 흔히 여자를 약하다고 하지만 사랑에 빠진 여자는 강하다. 더욱이 어머니는 세상 그 어떤 존재보다 강하다. 어머니는 아이를 사랑하는 존재이기 때문이다. 여자는 비록 아이라 할지라도 모성본능을 가지고 태어난다.

반면 남자는 강한 듯하면서도 어머니의 사랑에 기대고 싶어 하는 의지본능이 있다. 살다가 힘들고 어려운 일을 만나면 남자는 누군가에게 의지하고 싶어 한다. 누군가에게 위로받고 싶어 한다. 그런 때에 무엇보다 필요한 건 위로해줄 사람이며, 나를 보듬어줄 사랑하는 사람이다. 사랑이 잃어버린 자신을 찾을 수 있도록 해주고, 숨죽이며 소멸되던 의지에 불을 지펴준다.

사랑의 팔에 안긴 적이 있는 사람은

절대로 비참해지는 일이 없다.

낯선 땅에서 홀로 죽을지라도

여인의 입술에 닿아서 느낀

지난날의 행복은 언젠가 되살아나

죽음의 자리에서조차도

그녀를 자기 것으로 느낀다.

－테오도르 슈토름(Theodor Storm), 〈사랑의 팔〉

투쟁본능을 가진 강한 남성조차도 여성 앞에서는 한없이 나약해진다. 손에 든 남자의 총검보다 강한 것이 여자의 치마폭이다. 치마폭에 한 번 싸이면 헤어나지 못한다. 삼손이 데릴라의 유혹 앞에 쓰러졌고, 지극히 이성적이고 냉철한 지장이었던 로마의 시저가 클레오파트라의 유혹에 넘어가 비극의 주인공이 되었으며, 명장으로 일컬어지던 안토니우스 역시 시저의 비극을 알면서도 클레오파트라에게 무너졌다. 여자의 유혹은 세상 그 무엇보다도 강하다. 양귀비와 황진이 같은 절세미인들도 내로라하는 남정네들을 그들의 손아귀에 사로잡았다.

인류의 역사는 남자들의 소유인 것 같지만 어찌 보면 치마폭의 역사라고 할 수 있다. 남자가 여자에게 약한 이유는 사랑 때문이다. 사랑에 빠진 남자는 바보로 전락하기 쉽다. 사랑에서 독을 발견할 줄 모르기 때문이다. 그러나 여자는 남자보다 그 사실을 빨리 알아챈다. 그만큼 여자는 강하다. 어머니는 또한 여자보다 더 강하다.

힘겨운 삶에 처할수록 남자들은 여자의 위로를 받고 싶어 한다. 쉼을 얻고 싶어 한다. 그 쉼은 사랑을 필요로 한다. 사랑의 대상을 필요로 한다. 사랑은 나보다 약하고 보잘것없는 사람이라도 우러러보게 하고 존경하게 하는 힘이 있다. 그래서 사랑 앞에서는 의지가 무너지고 자신과의 싸움도 포기하는 경우가 많다.

생존의 문제보다 사랑으로 인한 문제로 자신과의 싸움을 벌이게 될 때가 더 힘겹다. 이미 사랑에 빠진 사람은 판단을 유보하거나 합리화시키면서 자신을 나약하게 만든다. 사랑으로 인한 자신과의 싸움에서는 패배가 오히려 행복하고 아름다운 것으로 합리화된다. 결국 치열하게 투쟁하기는커녕 그대로 순응하며 싸움을 파기하고 만다. 사랑이 있는 곳, 그곳이 낙원이며 천국인데, 아늑한 엄마의 품이며 고향인데 더 이상의 도전이 무슨 의미가 있으랴.

소리 없이 눈물지으며
가슴 찢기는 아픔으로
여러 해 동안 떨어지려
우리 둘이 헤어지던 그때
너의 뺨 파랗게 질려 차가웠다

너의 입맞춤은 더욱 차가웠지

정녕 그때 이미 오늘의 슬픔은 예고되었다.

— 바이런(George Gordon Byron), 〈우리 둘이 헤어지던 그때〉

사랑에는 가시가 있다. 독이 든 가시가 사랑 속에 들어 있다. 그 가시에 찔려 도저히 회복불능 상태로 허우적거리는 삶이 도처에 있다. 사랑은 달콤하고 황홀하게 다가오지만 끝까지 그러한 상태를 유지하기는 쉽지 않다. 때로는 오히려 견딜 수 없는 고통을 수반한다. 그런 고통과 시련을 견딜 자신이 없다면, 자신이 가진 모든 것을 잃을 수도 있는 위험을 감내할 자신이 없다면 일찌감치 그 사랑을 접어야 한다. 때로 사랑과 명예 사이에서, 사랑과 공익 사이에서 선택을 해야 하는 경우도 있다. 그 선택이 잠시 후 다가올 미래를 결정할 수도 있다. 가장 최선의 선택을 하고, 그로 인해 닥쳐올 아픔이나 고통도 감수해야 한다. 진정한 외유내강은 이 사랑으로 약해질 수 있는 자신을 추슬러 그 싸움을 이기는 사람이다.

때로는 가장 소중하다고 여기는 것을 물리칠 수 있을 때 우리는 내

"사랑은 인생의 바다에 떠 있는 행복의 섬이다. 다른 곳에서는 피어날 수 없는 경이로운 꽃들이 이 섬에서는 활짝 피어난다."
– 디오티마

적으로 강한 자신을 발견할 수 있다. 역사에서 패배자로 몰아낸 사랑, 삶에서 곤경에 빠뜨린 사랑, 그럼에도 우리는 사랑을 포기할 수 없다. 사랑에 이용당하는 존재로 살지 말고 사랑의 정복자가 되어야 한다. 그렇게 뜨거운 가슴으로 인생의 후반부를 살아야 한다. 그래서 내 인생은 빛나야 한다. 보다 성숙한 사랑을 상상하는 한 나는 젊은이다.

10
사랑, 복잡한 것을
단순하게 정리하려는 지속적인 노력

우리는 수많은 관계 속에 살고 있다. 원하든 원하지 않든 관계에서 벗어나는 삶은 없다. 단순히 인간들과의 관계만을 말하는 것이 아니다. 유대계 종교철학자 마르틴 부버(Martin Buber)는 세 가지의 관계영역을 말한다.

첫번째는 자연과 더불어 사는 삶이다. 자연은 우리와 관계를 맺고 있지만 명확하게 언어로 소통을 하는 대상은 아니다. 각자 나름의 관계를 만들어낼 뿐이다. 어떤 이는 자연과의 관계에서 열매를 만들어내고, 어떤 이는 예술작품을 만들어낸다. 그래서 그는 "자연과의 관계는 아직 어둠 속에 흔들리며 언어의 소통이 없다. 피조물들은 우리와 마주보고 있지만 관계를 맺지 못한다."고 말한다.

두번째는 사람들과 더불어 사는 관계다. 더불어 사는 관계에서 우리는 언어로 소통을 한다. 서로 상대를 너로 지칭할 수 있으니 명백한 관계가 드러난다. 하지만 나에게 맞는, 내 마음에 쏙 드는 사람을 만나기란 쉽지 않다. 흔히 말하는 것처럼 내가 그런 상대를 원하기 전에 내가 사람들에게 어떤 존재인지를 돌아봐야 한다. 우리는 나를 바라보는 마음의 거울을 꺼내지 않고, 남의 모습만 내 눈 속에 담는 이기적인 마음을 갖고 있다.

　나와 너의 관계에서 보다 중요한 것은 나 자신을 먼저 들여다보아야 한다는 점이다. 남들이 나를 어떻게 볼지 생각하지 않고 내 마음에 든다고 상대를 친구로 삼으려 한다면 그건 이기적인 일이다. 상대가 나를 원하지 않을 수도 있는데 나의 판단으로 호감이 가는 사람만 친구로 받아들이려 한다. 겉만 보고 사람을 우선 평가하는 것이다. 상대를 내 거울에 담을 때에도 피상적인 모습만을 담는다. 사람과 사람은 피상적인 관계를 벗어나 내면의 관계로까지 발전해야 한다. 그래야 진정으로 더불어 조화를 이루며 살 수 있다.

　세번째는 정신적 창조의 사물들과 더불어 사는 삶이다. 여기서의 관계는 뭔가에 가려져 있다. 그러면서도 어떤 언어를 드러낸다. 정신적인 산물은 말이 없지만 우리는 그것을 너로 지칭할 수 있고, 정신적 산물도 나를 너로 지칭하는 것을 느낀다. 사람과의 관계도 사물과의 관계도 정신적인 산물로 받아들이는 일이다. 이런 삶은 발견의 삶이다. 내가 너를 발견하는 삶이다. 남들이 볼 수 없는 것을 나는 본다. 실체를 보는 것이 아니라 느낌으로 보고 있다. 내가 너를 보는 일, 다시 말해 사물까지도 너로 보는 일이다. 남이 볼 수 없는 너를 볼 수 있기에 너를 사랑한다.

다른 이들이 가둔 너를 풀어주면서 너를 만난다. 너의 눈에서 다른 너를 발견하고, 너의 몸에서 다른 이들이 볼 수 없는 너를 발견한다. 너에게서 남이 발견하지 못하는 너를 발견한다. 남들은 그저 사물로, 바위로, 식물로 볼 뿐인 것조차 나는 너로 보기에 너를 발견하는 것이다.

자연을 사랑하는 사람, 사물을 사랑하는 사람은 사람과 더불어 사는 지혜가 있다. 그는 진정한 관계 속으로 들어간다. 누군가를 진정으로 사랑할 능력이 있다. 나는 너를 사랑하고 있다.

나는 그늘이 없는 사람을 사랑하지 않는다.

나는 그늘을 사랑하지 않는 사람을 사랑하지 않는다.

나는 한 그루 나무의 그늘이 된 사람을 사랑한다.

햇빛도 그늘이 있어야 맑고 눈이 부시다.

나무 그늘에 앉아

나뭇잎 사이로 반짝이는 햇살을 바라보면

세상은 그 얼마나 아름다운가.

사랑은 누군가의 무엇이 되는 것이며, 서로 닮아가는 것이다. 그늘을 가진 사람에게 다가가 나도 그 그늘의 일부가 되어 그의 그늘을 이해하고, 그 그늘의 냉기를 나누는 것이다. 그러면 그 그늘은 때로 슬픔이어도, 뜨거운 날엔 쉴 터가 되는 것처럼 내가 그에게 무엇이 되면 우리는 서로의 쉼터가 될 수 있다. 사랑이란 서로의 쉴 터가 되어주는 일이다. 상황이 어떠하든, 가난하든 슬프든 함께 있으면 편해질 수 있을 때 나는 그것을 사랑이라 부른다. 쉼터란 피상적인 상황이 아니라 마음의 상태이니 사랑하는 마음이 있다면 외부 조건은 문제가 되지 않는다. 컵라면 한 그릇에도 사랑이 담길 수 있고, 최고급 요리에도 미움이 담길 수 있다.

　　나는 눈물이 없는 사람을 사랑하지 않는다.
　　나는 눈물을 사랑하지 않는 사람을 사랑하지 않는다.
　　나는 한 방울 눈물이 된 사람을 사랑한다.
　　기쁨도 눈물이 없으면 기쁨이 아니다.
　　사랑도 눈물 없는 사랑이 어디 있는가.
　　나무 그늘에 앉아 다른 사람의 눈물을 닦아주는 사람의 모습은
　　그 얼마나 고요한 아름다움인가.

　　　　　　　　　　　　　　　－ 정호승, 〈내가 사랑하는 사람〉

기쁨도 눈물이 없으면 기쁨이 아니다.
사랑도 눈물 없는 사랑이 어디 있는가.

완벽하면 사람이 아니다. 온전하면 사람이 아니다. 결점도 있고, 울 줄도 알고, 때로는 미워할 줄도 알아야 사람이다. 말에 실수가 없고 행동에도 실수가 없는 사람을 원한다면 공장에서 만들어내는 마네킹을 원해야 한다. 말을 할 줄 아는 존재는 말에 실수를 할 수 있고, 움직이는 존재라면 비틀거리기도 하고 넘어질 수도 있다.

인기를 끄는 사람, 매력이 있는 사람에게 사람들은 모여든다. 하지만 인기나 매력은 타오르는 불길과 같다. 그 불길이 잦아들고 나면 부나비도, 하루살이도 모여들지 않는다. 오래도록 사람을 끄는 힘은 진실함과 성실에 있다.

사랑은 그렇게 발견한 너를 소중히 여기고, 편안하게 하고, 관심을 갖고, 끊임없이 배려하고 의미를 부여하는 움직임이다. 사랑의 관계는 복합적인 관계다. 자연과의 관계에서처럼 언어로는 통하지 않아도 마음의 교감으로 너를 발견하고 너를 듣는다. 그러면서 너와 나는 명확한 사회적 관계를 맺는다. 내가 너를 선택하고, 네가 나를 선택하여 언어의 일치와 행동의 일치를 만들어낸다. 그러면서 너와 나만의 새로운 관계를 만들어낸다. 나는 너에게서 새로운 너를 발견하고 만들어낸다. 그렇게 너와 나는 특수한 관계 속으로 들어간다.

그 관계 속에서 우리는 서로 익숙해지며 또 낯선 너를 만난다. 그렇게 길들여짐과 낯선 너의 발견의 연속이 우리의 사랑을 아름답게 이끌어간다. 사랑은 명사가 아니라 동사이다. 우리의 사랑은 진부함에 머

물러 있는 것이 아니라 새로운 너의 발견으로 끝없이 조용한 탐구의
세계로의 이동이다.

"애교 있는 행동은 사람의 눈을 즐겁게 하고, 진실한 행동은 사람의 마음을 지배한다."
– 알렉산더 포프(Alexander Pope)

11
사랑이
비록 아플지라도

"해도 잠든 밤하늘에 작은 별들이"로 시작되는 〈나는 못난이〉란 노래가 있다. 진정 마음속으로 사랑하는 사람이 있다면 차마 고백하지 못한다. 조금 덜 사랑하면 오히려 사랑의 고백이 쉬울 텐데, 깊이 사랑하는 상대에게 사랑을 고백하기란 쉽지 않다.

어쩌다 다부지게 마음을 먹고 고백의 시간을 갖고자 온갖 구실을 대어 만나보지만 일상적인 이야기만 나누다 정작 하고 싶은 말은 감춘 채 시간만 흘려보낸다. 결국 겉도는 얘기만 하다 고백의 '고' 자도 꺼내지 못한 채 헤어져 돌아오는 길에 답답한 가슴만 치게 된다. 많은 궁리 끝에 또다시 그럴듯한 구실을 만들어 그를 만나도 전과 다름없이 시간만 간다. 애매한 눈길로 가끔 시계를 쳐다보면 시간만 야속하게 흐른다.

부담 없이 일상적인 이야기를 나누기란 참 쉽다. 그러나 당사자인 나와 너의 이야기를 하려면 망설여진다. 더구나 너와 나 사이의 관계를 새롭게 정립할 사랑의 고백을 하기란 더욱 어렵다. 그렇게 고백을 했다가 아예 끝나버리는 상황을 상상한다. 차마 생각하기도 싫은 그 상황을 설정하면 가슴이 떨린다. 내가 그를 사랑하는 깊이에 따라 그 상황은 달라진다. 사랑이 깊으면 고백은 더 두렵다. 그 고백으로 관계가 끝난다면 너무 무서운 일이다. 그럴 바에는 이대로 고백을 하지 못하고 미적지근한 관계로 이어간다 해도 차라리 지금의 이 상황이 나을 것 같다. 그래서 우리는 사랑의 고백 앞에서는 마음 떨림을 경험하게 된다.

고백을 하기 전과 고백을 한 후의 너와 나의 관계는 완전히 달라진다. 그래서 고백의 순간은 두렵고 떨린다. 하지만 언젠가 한 번은 거쳐야 하는 게 너와 나, 남과 여의 관계이다. 그래서 사랑하는 이들은 용기를 낸다. 재판정에서 최종 판결을 받는 것과 같은 심정으로 말이다.

너의 눈빛을 보면

너도 날 좋아하는 것 같아

망설이다

망설이다

아꼈던 말 털어내어

고백하던 날

오해라며

부담스럽다며

나를 여기 못 박아 놓고

서슴없이 돌아서 가는

너의 등 뒤로

너의 빨간 목도리가 펄럭일 때

떨어지지 않는 나의 시선

멍……

- 최복현, 〈멍〉

고백을 들은 후 너의 반응이 궁금하다. 궁금하기보다는 사실 두려움이 앞선다. 두려움의 농도가 진할수록 너를 그만큼 더 진하게 사랑하고 있다는 것이다. 그렇다고 두려움 때문에 고백을 하지 않다가는 영영 내 마음을 전할 수도 없을 것 같아 안타깝다.

"애교 있는 행동은 사람의 눈을 즐겁게 하고, 진실한 행동은 사람의 마음을 지배한다."는 알렉산더 포프의 말처럼 진실이든 가식이든 우리는 말로 상대를 움직일 수 있다. 표현이 중요하다. 표현이 없으면 그 무엇으로도 마음을 드러낼 수 없고 더는 내 속내를 알릴 수도 없다.

많은 망설임 끝에 세상에 있는 무수한 말들 가운데 내 사전에 있는 가장 그럴듯하고 적절한 말을 찾아내 너에게 고백한다. 너의 반응은 두세 가지로 나타날 것이다. 너의 마음도 나와 일치한다면 살짝 부끄러운 척하면서도 결국 다정하게 뻗은 내 손을 마주잡아 줄 것이다. 그러면 내 마음은 들떠서 황홀한 경지에 들어선다. 사랑의 고백이 힘겨웠던 만큼 기쁨도 배가 된다. 나 혼자 엮어왔던 세월을 끝내고 이제는 너와 나라는 공동의 미래, 아름답고도 꿈이 가득한 미래를 설계하며 잡은 너의 손을 놓지 않을 것이다.

만약 네가 전혀 뜻밖의 일로 받아들인다면 어느 정도 말미를 요청할 것이다. 나는 적이 다행으로 여기며 희망을 가지겠지만 너의 대답을 기다리는 시간은 설렘과 초조로 이어질 것이다. 그 설렘과 초조란 얼마나 건강한 긴장으로 인도할 것인가. 나는 기쁨으로 희망을 노래할 것이다.

그런데 그토록 힘들게 선택한 나의 고백에 전혀 동의하지 않고 가까이 있었던 시간들은 그런 의미가 전혀 아니라 그저 아는 사이였을 뿐이라며 네가 뒤돌아서면……, 나는 말을 잃을 것이다.

누구나 한 번쯤은 이런 애잔한 사랑을 나눈 기억을 안고 살아간다. 잠 못 이룰 만큼 아픈 사랑의 기억을 안고 사는 게 인생이다. 그럼에도 상처를 잘 극복하며 사는 이들이 있고, 그 상처 때문에 평생을 홀로 늙어가는 이들도 있다. 하지만 우리는 모두 사랑할 상대를 간절히 원하며 살고 있다. 사랑과 삶은 같은 본능이기 때문이다. 산다는 건 사랑한다는 것이며, 사랑하다는 건 살아 있다는 것이기에 많은 망설임이 때로 아프게 해도 시간이 지나면 아름다운 추억으로 남는 것이 사랑의 아픔이다. 삶 또한 그렇지 아니한가. 너무 힘겹고 어려워서 죽고 싶을 만큼 괴로운 날도 많았으나, 지금 돌아보면 '그래도 그때가 좋았다' 는 생각이 우리를 감돌고 있으니, 우리는 살아 있는 한 열심히 사랑하며 살아야 한다. 사랑이 없는 삭막한 세상을 만들기보다는 조금은 괴롭고 아프더라도 사람과 부대끼며 사랑으로 고민하며 살아야 한다.

"사랑은 밀가루 반죽 안에 넣은 효모와 같다. 효모가 반죽을 부풀려 과자 맛을 더 향긋하게 하는 것처럼 사랑이야말로 인생을 향기롭게 해준다."
- 페터 라우스터(Peter Lauster)

12
진정한 친구,
상점에서 구입할 수 없는 존재

공장에서 생산되는 제품에는 규격이 있다. 그리고 브랜드에 따라 제품의 품질 또한 다양하다. 그래서 공장에서 생산되는 제품을 고르는 건 어렵지 않다. 규격에 따라 출시된 제품 가운데 자신이 구입할 수 있는 가격의 제품을 고르면 된다. 제품을 고르고 구입하는 것처럼 사람도 고를 수 있다면 좋겠다. 사람은 같은 공장, 이를테면 같은 부모를 가진 형제자매들도 모두 다르다. 부모를 보면 어느 정도 그 품질을 인정할 수도 있지만 그 속내를 들여다보면 다름을 인정할 수밖에 없다. '한날한시에 태어난 손가락도 다 다르듯이' 말이다. 더구나 정체를 알 수 없는 그 수많은 사람들 중에서 좋은 친구를 골라내기란 여간 어려운 것이 아니다.

"친구란 오래 찾아야 발견할 수 있는 존재이며, 유지하기도 힘든 존재이다."라고 말한 제롬이란 작자도 친구 선택의 어려움을 겪었나보다. 생텍쥐페리의 말대로 "친구를 파는 상점은 이 세상 어디에도 없다." 친구를 얻는다는 것은 서로가 서로를 길들이는 일이기 때문이다.

좋은 친구를 찾기란 무척이나 어렵지만 그럼에도 친구는 꼭 필요하다. 우리 인간은 누구나 외로운 존재이니까. 생각이 많고 존재의 유한성을 알고 있는 우리는 외로움을 유독 잘 타는 동물이다. 그래서 사람이 필요하다. 혼자서는 도무지 살 수 없는 우리는 누군가를 필요로 한다. 따뜻하게 손을 잡고 온기를 느낄 상대가 필요하고, 따뜻한 위로의 말을 건네줄 사람이 필요하고, 내 속내를 들어줄 사람이 필요하다. 그렇게 좋은 의미로 다가설 수 있는 사람을 우리는 친구라 부른다. 이는 동년배만을 이르는 것이 아니라 소통이 가능하고 의기투합할 수 있는 사람을 의미한다.

기왕이면 마음에 맞는 사람을 골라 사귀고 싶다. 때로 내가 외로울 때 아무런 부담 없이 불러낼 수 있는 사람, 돈이 있거나 없거나 진실을 보여줄 수 있는 사람을 찾고 싶다. 하지만 평생을 살면서 수많은 사람을 만나고 사귀어도 그런 친구 한 사람 골라내기란 쉽지 않다. 인생을 봐도 그렇고, 행동을 봐도 그렇고 참 좋은 사람인 것 같아도 그 속내를 알기는 너무 어렵다. "일생동안 친구 하나면 족하다. 둘은 많고 셋은 거의 불가능하다."고 아담스는 말했다.

네가 떠난 오늘

하늘이 유난히 파랗다.

한 번도 남으로 여긴 적 없는

33년

네가 떠난 거리에서 유쾌한 콧노래를 부른다.

끝내 아리고 슬픈 고통을 남긴

뻥 뚫린

너의 흔적

세월이 흐른들 채워질 리 없어도

너를 잊는 일은 빙수처럼 시원하다.

너는 나에게 사랑받을 자격이 없었고,

너는 나의 사랑이 아니었음을 지금 알았다.

그래도 너만은 그래도 너만은

나의 사랑니가 아니었으면 했는데……

– 최복현, 〈사랑니〉

좋은 사람 만나서 행복하다 싶었는데 실망을 주는 사람이 있다. 그 사람에게 속아 경제적 손실을 입고 마음에 상처까지 입은 나를 사람들은 바보라 부른다. 하지만 그런 놀림이나 조언은 나를 아프게 하지 않는다. 나를 아프고 기분 나쁘게 하는 건 그가 나를 멋지게 속였다고 생각하는 점이다. 내가 속은 것이 아니라 속아주는 척 참고 있을 뿐인데, 태연한 얼굴로 나타나 내게 더 큰 것을 바랄 때 느끼는 자괴감이 나를 아프게 한다. 그의 말에 대답하기도 싫고 얼굴을 마주하기도 싫은데 그런 내 맘도 모르고 친한 척 접근하는 사이비 친구를 보면 삶이 씁쓸하다.

우리는 수많은 사람들을 사귀며 살아간다. 그토록 많은 만남 속에서 정말 내 삶을 송두리째 내어주어도 좋을 사람을 만나기란 아주 어렵다. 사람은 공장에서 만들어내는 제품이 아닌 까닭이다.

예나 지금이나 인간관계는 참 중요하다. 사람이 좋아지면 세상이 좋고 맑아 보인다. 사람이 미워지면 세상은 우울하게 보인다. 사람은 이렇게 세상을 제3의 눈으로 보며 산다. 세상을 맑거나 흐리게 하는 건 날씨가 맑고 흐리고 비가 내리는 것보다 사람과의 관계에 달려 있다.

헤어지고 나니 그토록 시원한 사람을 내가 여태껏 곁에 두고 있었다면 이 얼마나 억울하고 원통한 일인가. 그가 떠난 흔적이야 여전히 남을 테지만 내 인생은 오히려 시원하고 잘 된 일이다. 우리에겐 때로 관계를 정리할 필요가 있다. 그저 인맥을 형성하는 재미로 살아왔다면 이제는 사람의 진가를 평가하여 수첩을 정리하듯 때로 사람을 정리하고 다시 자리매김할 필요가 있다. 우리 삶은 영원히 이어지는 게 아니다.

좋은 친구를 찾기란 무척이나 어렵 지만 그럼에도 친구는 꼭 필요하다.
우리 인간은 누구나 외로운 존재이니까.

신뢰보다는 실망을 많이 주고 기쁨보다는 슬픔을 많이 줄 뿐인 사람들 속에서 그럼에도 나는 종종 친구를 찾으며 살고 있다. 그러면서 자문한다. '너는 누군가에게 네가 바라는 그런 친구였는가를, 누군가에게 지금 그런 친구인가를……'

나를 가장 기쁘게 하는 건 사람이다. 그 사람을 나는 연인이라 부른다. 내 마음을 든든하게 해주는 사람을 나는 친구라 부른다. 그는 나에게 위로를 주기 때문이다. 나를 가장 아프게 하는 것도 사람이다. 그를 나는 스승이라 부른다. 그는 나에게 사람을 가르쳐주기 때문이다. 그대는 나에게 연인이고 싶은가? 스승이고 싶은가? 이 세상 모든 사람은 나의 연인이 될 개연성이 있으며, 모든 사람이 나의 스승이 될 개연성이 있다. 나 또한 다른 이들에게 연인일 수 있으며, 친구일 수 있으며, 스승일 수도 있다.

행복을 여는 제1관문은 주변 사람들과 어떻게 조화를 이루며 살 것인가에 달려 있다. 행복하려면 자식이든 연인이든 소유의 대상으로 삼을 것이 아니라 존재의 대상으로 삼아야 한다. 진정 사람의 행복은 사람과 사람 사이를 누비고 있다.

"진정한 친구란 줄 수 없는 것을 주고, 할 수 없는 일을 해주며, 비밀을 이야기하고 비밀을 남에게 발설하지 않으며, 괴로움을 당했을 때에도 버리지 않고, 가난하고 천해졌다 해도 경멸하지 않는 이러한 덕을 갖춘 사람이다."
―《사분율》에서

제**4**부

어떻게 살아갈 것인지
기로에 선 그대에게

1

뒷모습이 아름다운
사람이 행복하다

알베르 까뮈(Albert Camus)는 인간의 조건을 시시포스의 신화에 연결시켜 설명한다. 소위 부조리 철학이다. 인간이 짐을 지고 있을 때에는 자기를 돌아볼 생각조차 하지 못하며, 그 짐을 자신과 동일시한다. 그리고 그저 습관처럼 아침에 눈을 떠 낮이면 일하고 저녁이면 잠이 드는 반복적인 삶을 살아간다.

시시포스가 바위를 언덕 위에 올려놓고 빈 몸이 되거나 굴러 떨어진 바위를 다시 올리려고 언덕을 내려오는 순간처럼, 우리 인간도 바위에서 벗어나는 그러한 순간이 있다. 내가 짐과 분리되는 그때 우리는 자기를 돌아볼 여유를 갖게 된다. 그러나 그 순간 우리 머리는 쥐가 나기 시작하며, 부조리한 인간조건으로 고민한다. 벗어날 수 없는 인간의 조건은 굴레가 되고 그 순간 자살의 유혹이 스며들기도 한다. 하지만 자살은 부조리한 인간이 부조리한 조건을 벗어나는 일이므로 타당한 일이 아니다.

인간이 행복하려면 시시포스가 부조리한 그 조건을 받아들이고 바위를 굴려 올리며 순간순간 최선을 다한 것처럼 그렇게 최선을 다해야 한다. 모든 주어진 조건, 인간의 유한성을 인정하고 받아들여야 한다. 웰빙(Well-being), 행복하게 사는 삶이 있다면, 웰다잉(Well-dying)도 받아들여야 한다. 물론 행복하게 사는 이가 행복한 떠남을 준비할 수 있다. 후회 없는 삶을 살아야 행복할 수 있다. 그렇다고 인간이 완벽한 삶을 누릴 수는 없다. 후회하지 않으려면 마음의 자세를 바꿔 인간은 불완전하며 부조리한 존재라는 것을 인정하고 선택한 일에 후회하지 않아야 한다. 지난 일은 되돌릴 수 없으니 인정하고 미래를 위한 선택을 할 일이다.

가벼운 교통사고를 세 번 겪고 난 뒤 나는 겁쟁이가 되었습니다. 시속 80킬로미터만 가까워져도 앞좌석의 등받이를 움켜쥐고 언제 팬티를 갈아입었는지 어떤지를 확인하기 위하여 재빨리 눈동자를 굴립니다.

산 자도 아닌, 죽은 자의 죽고 난 뒤의 부끄러움, 죽고 난 뒤에 팬티가 깨끗한지 아닌지에 왜 신경이 쓰이는지 그게 뭐가 중요

하다고 신경이 쓰이는지 정말 우습기만 합니다. 세상이 우스운
일로 가득하니 그것이라고 아니 우스울 이유가 없기는 하지만.

-오규원, 〈죽고 난 뒤의 팬티〉

안개가 너무 끼어 전혀 앞을 볼 수 없을 때처럼 나이가 들어가면서
전방을 보는 두려움이 커져간다. 인간이란 존재는 치명적으로 운명의
목덜미를 신에게 잡히고 있다. 그건 유아나 어른이나 노인이나 마찬가
지다. 도무지 잠시 후도 분간할 수 없다. 그럼에도 인생의 세번째 라운
드에 접어들면 운명에 대한 불안감은 커져간다. 1라운드에서는 그런
위기의식 없이 살아왔건만 운명의 조건은 동일함에도 추잡해지고 두
려워진다. 그러면서 주변을 정리하며 살아야 하는 건 아닌가 하는 생
각에 눈을 감는 저녁이 두렵고 눈을 뜨는 아침이 반갑기도 하다.

알 수 없는 저 세계, 그 세계에 대한 두려움으로 가끔은 나의 겉과
속이 다름을 고민하며 때로 아파하기도 한다. 시장에서 사 입는 옷이
야 몸에 맞는 걸로, 마음에 드는 걸로 골라 입으면 되지만 우리 삶의
속옷은 갈아입기도, 빨아 입기도 무척 어렵다. 나 스스로 어떤 삶의 속
옷을 입고 있는지도 감이 잡히지 않으니 말이다.

겉옷이 멋지다고 속옷까지 멋진지 우리는 알 수 없다. 겉모습이 아
름답다고 속마저 아름답다는 보장도 없다. 신체에 걸쳐진 속옷이야 조
금 때가 묻은들 어떤가. 진정 웰다잉은 마음에 걸친 팬티가 깨끗해야

한다. 우리가 해야 할 일은 마음의 속옷을 청결하게 하는 일이다. 마음의 속옷을 깨끗하게 유지하기란 아주 어렵다. 그러니 자주 빨래를 하듯이 마음의 속옷을 자주 세탁해야 한다. 혼자만의 행복을 위해 사는 것은 신체에 걸친 속옷을 아름답게 입는 일이다. 더불어 사는 행복을 위해서는 주변을 돌아보며 자신의 본분을 찾아야 한다. 이기적인 행복은 순간이지만 더불어 사는 행복은 오래 남는 일이기 때문이다.

"만약 인생의 제2판이 있다면 나는 정말 교정을 하고 싶다."

— 존 클레어(John Clare)

2
배설과 비움의 즐거움

채운다는 것은 즐거운 일이다. 확실히 무언가를 섭취하는 순간은 즐겁다. 우리는 평생 먹는 일을 반복한다. 미처 다 채우지 못하면서 탐하고 또 탐한다. 음식을 섭취하고 지식을 섭취하고 욕망을 섭취한다. 입으로 먹고 정신으로 먹는다. 그렇게 먹고 먹어도 늘 신체에는 빈곳이 남고, 정신에는 늘 공허함이 있다.

이렇게 고프고 공허한 날에 어디로 갈 것인가. 한없는 욕심을 비우지 못하고, 미래에 대한 불안과 염려로 사는 우리에게 도피처는 진정 없는 것일까.

어려서는 엄마가 나 몰래 떠나버릴까 걱정이 되어 엄마의 저고리 끈을 잡고 잠들었다. 학교 다닐 때는 선생님의 꾸짖음이 두려웠다. 좀

더 나이 들어서는 남들이 다니는 학교에 들어가야 한다는 강박관념에
쫓기듯 했다. 어른이 된 지금은 내가 나를 책임지며 살아야 한다는 걱
정으로 잠을 설친 날도 있었다.

그리고 이제 두 아이의 아버지인 나는 그들을 책임지며 살아야 한
다. 인생의 짐을 버거워하며 미래를 걱정하며 살아간다. 아직 남은 미
래의 날들, 점차 약해지고 노쇠해지는 내가 살아갈 미래의 날들이 두
려워서 공허하다. 이런 내 마음의 공허를 없애줄 간절한 말, 그 한마디
라도 내게 들려다오.

아아, 육체는 슬프다. 그리고 나는 모든 책을 읽었다.
도망가라! 저 멀리로 도망가라.
나는 알 수 없는 물거품과 하늘 사이에서 새들이 취해 있음을 느
낀다.
그 아무것도, 눈에 비친 옛 정원도 바다에 잠긴 내 마음을 끌어
낼 수는 없다.
오, 밤이여! 흰색인 채
남아 있는 빈 종이 위 내 램프의 쓸쓸한 빛도
아기에게 젖먹이는 젊은 여인도
바다에 젖은 이 마음을 끌어내지는 못하리라.
나는 떠나련다. 돛대를 흔드는 증기선이여

인간이 행복하려면 시시포스가 부조리한 그 조건을 받아들이고
바위를 굴려 올리며 순간순간 최선을 다한 것처럼 그렇게 최선을 다해야 한다.
모든 주어진 조건, 인간의 유한성을 인정하고 받아들여야 한다.

이국적 자연을 향해 닻을 올려다오!

매일매일 내 앞에 주어지는 삶의 빈 종이에 무엇을 채워갈까 고민하며 사는 게 우리 삶이다. 때로 백지로 남아 있는 삶의 빈 노트에 멋진 그 무엇을 채우려 과욕을 부리기도 한다. 뭔가를 꽉 채워야 한다는 강박관념에 따라 과욕을 부린다. 하지만 그렇게 주어진 백지를 다 채우려 해서도 안 된다. 여백도 채움이 될 수 있고, 그 여백이 더 아름다움을 느낄 줄도 알아야 한다. 적절히 채우는 지혜, 비우는 지혜가 필요하다. 인생이란 꼭꼭 채우며 살 수만은 없으니까.

> 잔인한 희망 때문에 슬픔에 잠긴 권태는
> 아직도 손수건들의 마지막 이별을 믿는다.
> 그리고 아마도, 돛대는 폭풍우를 일으키고
> 돛대도 없이 비옥한 섬도 없이
> 바람이 난파선을 향해 불어가서 돛대들을 잃어버렸나 보다.
> 그러나 오 내 마음이여, 수부들의 노래를 들어다오.
>
> — 스테판 말라르메(Stephane Mallarme), 〈바다의 미풍〉

비워라, 비워라. 조금 차 있는 것마저 비워라. 비움이 곧 나를 자유롭게 한다. 채움으로 해결하지 못하는 삶의 문제는 비워냄으로만 해결

된다. 비움은 곧 배설이다. 채우고 채우면 늘 공허함이 남지만 비우고 배설하는 일은 후련하고 상쾌함으로 다가온다. 인간처럼 배설을 희구하는 동물도 없을 것이다. 그저 싸고 비워내야 한다. 배설의 기쁨을 알 때에 비로소 아름다운 열매로 그 인생을 가득 채울 수 있다.

공허를 채울 수 있는 일은 비움이나 배설밖에 없다. 내가 하고 싶은 일을 다 할 수 있는 인생은 아니다. 내가 가고 싶은 곳 다 갈 수 있는 인생도 아니다. 내가 사랑하고 싶은 사람 다 사랑하며 살 수도 없다.

그러니 내 욕망의 키를 낮추어야 한다. 내 욕심의 높이를 낮추어야 한다. 지금 내가 할 수 있는 일들로 나를 비우고, 지금 내가 갈 수 있는 범위에서 움직이고, 내가 지금 사랑하는 사람들만 사랑하는 일로 나의 공허를 해결해야 한다.

"잘 보낸 하루는 편안한 잠을 이루게 하고, 잘 지낸 인생은 행복한 죽음을 가져온다."는 다빈치의 명언처럼 행복한 삶은 한마디로 잘 먹고, 잘 싸고, 잘 자는 일이다. 행복의 조건은 이렇게 단순하지만 이를 이루는 일은 아주 복잡하다. 절대행복은 존재하지 않는다. 하지만 우리는 행복을 추구하며 살아야 한다. 최대한 단순화하여 행복한 마음을 가져야 한다. 마음이 가는 음식과 지식으로 몸과 정신을 채우고, 몸에 들어가서 썩은 음식은 배설하고, 내 안에 고인 지식이나 체험은 말로 풀든 글로 풀든 풀어내며, 그렇게 채우고 비우는 과정을 즐겨야 한다. 단순하지 않지만 단순하게 인생을 생각해야 한다.

수첩을 꺼내 가끔 정리하듯 잊어야 할 사람은 지우고, 새로 편입할 사람은 기입하고, 정리할 사람은 정리하고, 만날 사람은 만나야 한다. 나이가 들어가는 만큼 생각의 속도도 느려지고, 결단의 속도, 정리의 속도도 느려진다. 그러다보니 인간관계에서도 온통 스트레스다. 지울 것을 늦게 지우고, 정리할 사람을 이리저리 재다가 정리하지 못한 채 혼자 속을 앓는다. 나이가 들수록 생각의 속도, 결단의 속도를 빠르게 하여 지울 것, 정리할 것을 더 빨리 해야만 한다. 배려가 아닌 일을 배려로, 이해로 합리화하는 나를 그대로 두지 말아야 한다.

"불행이야말로 가장 훌륭한 스승이다. 불행은 돈과 사람의 가치를 가르쳐준다. 역경에 처해 있으면서도 타락하지 않는다면 그 자체만으로도 위대하다."
– 발자크(Honore de Balzac)

3
세상에 혼자
버림받았다고 느낄 때

인생이란 길다면 길고 짧다면 짧다. 길든 짧든 우리는 살아가는 동안 어떤 일이 찾아올지 매일 지뢰밭을 걷는 것처럼 불안하다. 건강하다고 믿었던 나에게 어느 날 갑자기 불치병이 찾아들 수도 있다. 뜻하지 않은 사고로 어떤 일을 당할 수도 있다. 아주 희박한 확률이지만 누군가는 벼락에 맞기도 하고, 누군가는 로또에 당첨되어 하루아침에 부자가 되기도 한다.

하는 일마다 망하고, 되는 일이라곤 전혀 없어서 헤어날 길 없는 고립무원의 상태에 빠질 수도 있다. 희망이 완전히 사라지고, 살아갈 용기도 없는 상황에 빠질 수도 있다. 사랑했던 사람이 떠나고 믿었던 사람들도 모두 떠나고, 시베리아 벌판에서 떨고 있는 것 같은 절망적인 상황에 빠질 수도 있다. 우리의 삶은 이토록 불투명하다. 그렇다고 지레 겁을 먹고 생을 포기하며 살 수는 없다.

지금 세계의 어디선가 울고 있는 사람이 있다.
세계 속에서 까닭 없이 울고 있는 사람이 있다.
그 사람은 나를 위해 울고 있다.

지금 밤의 어디선가 웃고 있는 사람이 있다.
밤 속에서 까닭 없이 웃고 있는 사람이 있다.
그 사람은 나를 위해 웃고 있다.

지금 세계의 어디선가 걷고 있는 사람이 있다.
세계 속에서 까닭 없이 걷고 있는 사람이 있다.
그 사람은 나를 향해 걷고 있다.

지금 세계의 어디선가 죽고 있는 사람이 있다.
세계 속에서 까닭 없이 죽고 있는 사람이 있다.
그 사람은 나를 바라보고 있다.

—릴케(Rainer Maria Rilke), 〈엄숙한 시간〉

세상은 나를 위해 존재한다.
나 홀로 울고 있는 것 같은 상황에서도 누군가는 나를 위해 기도하고,
내가 잘 되기를 바라며 간절한 마음으로 응원하고 있다.
나는 결코 혼자가 아니다.

세계 어디엔가 울고 있는 사람이 있고, 어디선가는 기쁨을 주체하지 못하는 사람도 있다. 그 속에 내가 살고 있다. 그리고 그들과 나는 어떤 형태로든 이어져 있다. 이유 없이 만나는 것 같지만 거기엔 필연적인 이유가 있다. 아주 우연인 것 같아도 완전한 우연이란 없다. 우연인 것 같은 전혀 뜻밖의 일들 속에 필연적인 인연이 어떤 모습으로든 포함되어 있다.

그러니 세상은 나를 위해 존재한다. 나 홀로 울고 있는 것 같은 상황에서도 누군가는 나를 위해 기도하고, 내가 잘 되기를 바라며 간절한 마음으로 응원하고 있다. 나는 결코 혼자가 아니다. 모든 세상은 나를 중심으로 돌고 나의 인식 속에 살아 있다.

누구나 혼자 만들어져 여기에 온 사람은 없다. 원하든 원하지 않든 관계맺음의 결과로 생겨난다. 나는 여기에 홀로 던져진 존재가 아니다. 내가 혼자 울고 있다고 믿는 이 순간에도 나를 염려하며 기도해주는 사람이 있다. 너무 외롭고 마음이 괴로워서 내가 나를 주체할 수 없는 순간에도 나는 의지할 대상이 있다.

왜 혼자여야 하는가. 내가 견딜 수 없을 만큼 외로울 때 언제든 부르면 신이 있지 않는가. 내가 외롭고 고독하고 괴로운 건 다른 사람 때문이 아니고, 어떤 상황 때문이 아니다. 내 마음이 나를 외롭고 괴롭게 만드는 것이다.

'나는 혼자가 아니다' 라는 생각이 외로움에서 벗어나게 한다. 나를 해방시킬 수 있는 것은 나밖에 없다. 어떤 상황에 처하든 나는 자유롭다고 느낄 수 있고, 혹은 구속으로 느낄 수도 있다. 그리 길지 않은 삶을 즐겁게 하려면 자신을 컨트롤해야 한다. 그런 마음공부 또는 마음관리는 삶의 연륜이 쌓인다고 잘 되는 것이 아니라 자기 노력에 달려 있다. 자기 마음관리를 잘 하는 사람이 아름다운 어른이다. 그 사람은 행복하게 살 수 있다.

"생각하는 것이 인생의 소금이라면 희망과 꿈은 인생의 사탕이다. 꿈이 없다면 인생은 쓰다."
—에드워드 불위 리턴(Edward George Bulwer-Lytton)

4
인생이 무엇이냐고
물으신다면

이 산 저 산에 이름 없는 꽃들이 피어나듯이 이 순간에도 여기저기서 무수한 생명이 세상에 온다. 이 순간 나와는 전혀 무관한 곳에서 많은 생명들이 세상에 오는 것처럼 많은 생명들 또한 이 순간을 떠나고 있다. 흐드러지게 피어난 꽃처럼 피어 있으니 생명이요, 지느니 생명이 스러지는 모습이다.

山에는 꽃피네
꽃이 피네
갈 봄 여름없이
꽃이 피네.

山에

山에

피는 꽃은

저만치 혼자서 피어 있네.

山에서 우는 작은 새여

꽃이 좋아

山에서

사노라네

– 김소월, 〈산유화〉

그렇게 사람들은 꽃처럼 피었다가 꽃처럼 지고 만다. 제대로 피었다가 삶을 다하고 지는 꽃도 있지만 피어보지도 못하고 사멸되는 꽃도 없지 않다. 피다가 지고 마는 꽃도 있고, 한 방울 아침 이슬이 버거워 견디지 못하고 지는 꽃도 있다. 꽃이 피고 지는 것처럼 생명의 탄생과 다함도 가늠할 수가 없다.

우리의 삶은 꽃을 많이 닮았다. 저만치 혼자서 피어 있는 꽃처럼 더불어 즐기며 사는 듯 혼자 외로움을 삼키는 것이 삶이고, 단 하루도 예측이 불가능한 존재를 살아내야 하기에 한없이 쓸쓸한 것이 삶이다.

살아 있는 동안 최선을 다하지 않으면 아무리 꿈같은 인생이라도 견디기 힘든 날이 온다. 그럼에도 천 년을 살 것처럼 거창한 계획을 세우며 살아야 한다. 이 땅에서 사멸된 후에 내 존재 자체가 어찌 변하고, 어떤 생으로 이어질지는 알 수 없다. 분명한 것은 이 세상에 존재하는 동안뿐이니 이 세상보다 좋은 곳이 또 있으랴. 아무리 삶이 고달프고 힘겹더라도 이 세상을 좋은 것이라 믿으며 세상에 산다.

삶의 짐이 무거워 쓰러질 것 같아도 다시 일어서서 살아야 한다. 짐의 무게 역시 내가 살아 있기에 느낄 수 있는 것이기 때문이다. 가슴을 짓누르며 빠개질 것처럼 머리가 아픈 고뇌와 고통이 오더라도 삶을 축복으로 받아들여야 한다.

술은 입으로 마시고, 사랑은 눈으로 마신다오.

우리가 늙어 죽기 전에

깨달아야 할 진리는 이뿐이라오.

나 이제 입가에 잔을 들면서

그대를 바라보며

한숨짓는다오.

— 윌리엄 예이츠(William Butler Yeats), 〈술의 노래〉

살아 있으니까 고통을 느끼고, 살아 있으니까 고뇌도 찾아온다. 고통도 느끼지 못하고 무거움도 느끼지 못하고, 아픔도 느끼지 못한다면

우리의 삶은 꽃을 많이 닮았다.
저만치 혼자서 피어 있는 꽃처럼 더불어 즐기며 사는 듯 혼자 외로움을 삼키는 것이 삶이고,
단 하루도 예측이 불가능한 존재를 살아내야 하기에 한없이 쓸쓸한 것이 삶이다.

그 삶은 얼마나 무미건조한가. 사람들은 무게와 고통과 고뇌를 피하고 싶어 하면서도 더 깊은 고통과 더 짓눌리는 무게를 감당하며 산다. 그것이 인생의 본질이다. 인생의 본질인 고통을 즐기고, 삶의 무게를 다행으로 여기며 살아야 한다. 고통이 없다면 내가 살아 있는지조차 인식하지 못한다. 삶의 무게를 느끼지 못한다면 이미 산 사람이 아니다. 살아 있으니 고통을 알고 살아 있으니 짐을 느낀다. 살아 있다는 느낌! 이 느낌이 나에겐 더 없는 축복이다.

"인생은 한 권의 책과 같다. 어리석은 사람은 아무렇게나 책장을 넘기지만 현명한 사람은 공들여 읽는다. 왜냐하면 그들은 단 한 번밖에 그 책을 읽지 못한다는 사실을 알고 있기 때문이다."
－장 파울(Jean Paul)

5
답이 없는 문제는 없다

사람은 누구나 양면성을 가지고 있다. '지킬박사와 하이드' 처럼 이중인격자를 말하는 것이 아니다. 긍정적 의미에서 양면성은 피상적인 나와 내면의 나를 말한다. '외유내강' 이란 말은 외모로 보아서는 유한 것 같은데, 내적으로 강한 사람을 말한다. 이를테면 자신에게 강한 사람, 자신을 통제할 수 있고 이길 수 있는 사람을 말한다.

이 세상에서 가장 무서운 것은 어떤 고통이 아니다. 괴로움도 아니며 넘을 수 없는 장애물도 아니다. 가장 무서운 것은 자신이다. 힘겨운 일을 당하면 우리는 무수한 싸움을 벌여야 한다. 올라갈까, 내려갈까, 돌아갈까, 포기할까, 용기를 내볼까, 수많은 내가 내 안에서 싸운다. 갈등이 심한 각기 다른 내가 나를 에워싼다. 그 무수한 적들 속에서 그 여러 개의 자신을 이겨야만 비로소 강하다고 할 수 있다.

누구나 자신을 이기려 하고 강해지고 싶어 한다. 하지만 자신을 제어하는 의지가 약한 사람도 있다. 의지가 약하든 강하든 우리는 평생 자신과의 싸움 속에서 살아간다. 강한 의지의 소유자라 해도 살다보면 가끔은 의지를 잃고 자신과의 싸움에서 패할 때도 있다. 그때 우리는 자괴감에 빠진다. 의지가 강한 사람일수록 더한 상실감을 겪게 된다. 자괴감으로 인생을 슬퍼할 때면 누구나 지독한 외로움을 앓는다.

우리는 늘 이렇게 전쟁을 치른다. 경쟁자들과 전쟁을 치르고 자신과 전쟁을 치른다. 평생 싸움과 싸움으로 이어지는 것이 우리 인생이다. 그래서 인생은 고달프고 힘겹다.

살아간다는 것은 문제 속에 있다는 의미다. 문제가 없다면 사는 것이 아니다. 우리는 항상 문제와 직면해 있다. 그런데 문제가 있다면 반드시 답도 있다. 답은 멀리 있는 것이 아니라 문제 속에 들어 있다. 단지 그 답을 찾지 못하고 있을 뿐이다.

우리가 흔히 쓰는 의문문을 보라. 의문문에 대한 대답은 그 안에 있는 단어들의 인칭을 바꾸고 단어의 순서를 바꾸면 정확한 답이 된다. 의문사가 있는 의문문에는 그 의문사에 대한 대답만 하면 되고, 의문사 없이 물으면 '그렇다' 거나 '아니다' 가 답이다.

남자는 매일 아침

면도날로 수염을 깎는다.

그때 여자는 식칼로 야채를 썰고 있다.

서로 칼날을 사용하지만 칼날을 느끼지 않는다.

행복한 아침!

— 다카다 토시코(高田敏子), 〈아침〉

누구에게나 삶은 문제를 던져준다. 그 문제는 피상적으로 같아 보이지만 그것을 풀어가는 방식에 따라 문제마저 달라 보인다. 문제에 대한 답을 내는 방식은 각자의 성향에 따라 다른 것이다.

절실한 문제거나 대수롭지 않은 문제거나 어떤 것이든 그것은 나의 문제다. 그 모든 문제는 다른 누구에게 있는 게 아니라 나에게 있다. 그리고 그 문제의 해답들도 나에게 있다. 내 안의 어디엔가 답이 있다. 그럼에도 우리는 문제가 불거지면 엉뚱하게도 그 답을 남에게서 찾고, 밖에서 찾으려 한다. 그렇게 본질을 잊고 있기 때문에 문제가 해결되지 않는다. 문제와 답, 모호한 논리인 것 같지만 답은 간단하다. 마음의 각도만 바꾸면 되는 것이다. 선택의 문제를 생각하면 된다. 문제가 되는 것도 나의 선택에 의해서고, 답을 찾는 것도 선택이기 때문이다. 누구의 강요에 의해서든 믿을 만한 사람의 조언에 의해서든 선택은 내가 한다. 내가 최종으로 선택했으니 그 결과에 대해서도 내가 책임을 져야 한다. 어떤 선택을 했든, 어떤 결과가 나왔든, 모든 책임은 나에게 있다는 의식을 하는 순간 모든 문제는 해결된다. 그리고 선택한 결과에 대해 후회하지 않을 때 우리는 행복할 수 있다.

우리 삶도 복잡하게 생각하지 말고 단순화해서 생각하면 된다. 그런데도 우리는 늘 먼 곳에서 답을 찾고 있거나 문제를 제대로 보지 않고 있다. 문제 속에 답이 있는데도 말이다.

결국 우리 삶에서 가장 이기기 힘든 적은 다름 아닌 자신이다. 자신을 이기면 모든 싸움에서 이긴 것과 같다. 세상에 대한 기준, 성공에 대한 기준, 어떤 정의에 대한 기준, 소유에 대한 기준, 행복에 대한 기준 등 모든 것이 자신에게 달려 있다. 성공과 행복에 대한 사회적 기준과 자신의 기준은 다를 수 있다. 자신과의 싸움에서 이긴 사람만이 진정한 성공자이다. 자신에게 맞는 성공의 기준을 정하고 그 결과에 흡족하면 그것이 성공이다. 자신의 기준에 행복의 기준을 맞추면 그는 행복하다. 세상에서 가장 가까이 있으면서, 가장 잘 알고 있으면서 이기기 힘든 마음의 적, 그것은 바로 자신이다. 자신을 이기는 사람이 진정 성공자이고, 행복한 사람이다. 그는 문제를 자기 안에서 찾고, 그 답을 자기 안에서 얻는 사람이다.

"사람은 반드시 자신을 아끼는 마음이 있어야만 비로소 자기를 이겨낼 수 있고, 자기를 이겨낼 수 있어야만 비로소 자신을 완성할 수 있다."
— 왕양명(王陽明)

6

담담하게 친구를
떠나보내야 할 때

저기 한 잎 꽃잎이 지고 있다. 그다지 무겁지 않은 작은 이슬방울에
도 못 이겨 꽃잎이 진다. 어떤 꽃들은 내리 퍼붓는 소나기에도 끄떡없
이 잘 버티고, 무겁고 아프게 때려대는 우박을 맞고도 굳건히 살아내
지만, 작은 이슬방울조차 못 견뎌 지레 겁을 먹고 땅 위에 구르는 가련
한 꽃잎이 있다.

우리 삶 역시 그렇다. 같은 삶의 무게라도 버거워하는 인생이 있고,
대수롭지 않은 무게로 느끼는 인생도 있다. 심지어 무거운 삶의 무게
를 오히려 무기로 삼는 더 강한 인생도 있다.

사람이라면 누구나 문제를 안고 살고, 누구나 삶이란 버거운 짐을
지고 산다. 어린아이는 어린아이대로 저희들끼리 갈등하기도 하고, 은

근한 경쟁심으로 고민을 하기도 한다. 학생들 또한 나름의 고민을 안고 산다. 하나의 문제가 사라지면 또 다른 문제가 다가온다. 노총각이 결혼 문제를 해결하고 나면 평탄한 삶이 이어질 것 같지만 또다시 다른 문제가 따라나선다.

꽃을 잊는 것처럼 잊어버리자.
한때 세차게 타오르던 불을 잊듯이
영원히 영원히 아주 잊어버리자.
세월은 고맙게도 우리를 늙게 한다.

누가 만일 물으면
그건 벌써 오래전에 잊었노라고
꽃처럼 불처럼, 또는 옛날 잊고 만
눈 속에 사라진 발자국처럼 잊었노라고 말하자.

　　　　　　　　　　　　　　－새러 티즈데일, 〈잊어버려요〉

살아 있는 동안 줄줄이 이어지는 삶의 문제들 속에서 때로는 인생이 쓸쓸하고 왜 슬프지 않겠는가. 그럴 때면 누구나 인생은 공허하다고 생각한다.

여기저기 꽃이 피어나듯 세상의 곳곳에서 새로운 생명이 태어난다. 그리고 예고 없이 꽃이 지듯이 사람들 또한 삶의 짐을 내려놓고 소멸한다. 평소엔 그다지 의식하지 않는 삶의 마감이지만 어느 날 가까운 사람이 길을 떠나면 한동안 소멸에 대한 두려움에 사로잡히게 된다. 더욱이 나와는 별 상관없는 이들이 소멸의 길로 떠날 때는 별다른 감정이 없는데, 나와 가까이 있는 이들, 어머니 아버지, 형제자매, 또는 삶의 많은 순간을 공유했던 누군가가 내 곁을 떠날 때면 인간의 한계를 절감하고 전율할 수밖에 없다.

작은 물방울
작은 모래알
작은 것들이 모여 크나큰 바다가 되고,
하나의 아름다운 나라가 된다.

짧은 '시간' 의 움직임이
비록 별것 아니어도
그것이 모여
마침내 영원히는
크나큰 시대가 된다.

조그만 친절

조그만 사랑의 말,

그것이 보여 지구가 되고 에덴이 되게 하고

천국처럼 만든다.

—줄리아 카니(Julia F. Carney), 〈작은 것〉

아주 가까이 지내던 친구가 세상을 등졌다. 다시는 이 세상에서,
아니 저세상에선들 다시 볼 수 있으리란 보장이 없다. 다시 본다 한들
저승에서의 만남은 이 땅에서의 만남과는 전혀 다를 것이라는 생각에
할 말을 잃는다.

공허하다, 허무하다, 쓸쓸하다, 그 어떤 말로도 충격을 쓸어 담을
수는 없다. 그렇다고 허무한 감정으로 일생을 살 수도 없다. 삶이란 공
허하고 허무한 것이지만 살아 있는 한에 있어서는 긍정의 마음으로 살
아야 하지 않는가.

인간이 풀 수 없는 생로병사의 문제를 우리는 있는 그대로 받아들
여야 한다. 우리가 풀 수 없는 일들, 신에게 맡겨진 일들을 우리는 운
명이라 부른다. 거부하고 막아보려고 해도 올 것은 닥쳐온다. 그것을
억지로 부정할수록 인생은 더 공허하다. 운명을 인정하고 순리로 받아
들여야 편안한 마음을 유지할 수 있다. 올 것은 오게 하고 갈 것은 가
게 하면서, 내가 생각할 수 있고 기억할 수 있으며, 관계를 맺을 수 있
을 때 최선을 다해 삶을 누려야 한다.

순간순간 최선을 다하라. 최선을 다하는 것만이 우리가 할 일이고, 그 이상의 결과는 신의 책임이다. 지나간 것은 내 기억 속에만 존재할 뿐이니 내 것이 아니며, 다가올 미래 역시 내게 주어지리란 보장이 없으니 내 것이 아니다. 그러므로 내가 무엇을 했느냐가 중요한 것이 아니며, 무엇을 할 것이냐도 중요하지 않다. 오직 지금 이 순간만이 우리에게 소중하다. 그 소중한 순간들을 가치 있게 살아야 한다. 그저 시간에 떠밀리며 타인의 시선에 휩쓸려 살다보면 무의미한 삶들로 이어질 뿐이다. 그 한계를 순리로 받아들이고 한계 안에서 삶을 설계하며 살면 그뿐이다. 아무것도 가지고 오지 않았으니 아무것도 가지고 떠날 수 없는 당연한 진리 앞에 순응해야 한다.

내가 떠난 뒤 그 누가 나를 기억해준들, 누가 나의 공덕을 기린들, 내가 함께하지 못하는 그 일들이 내게 무슨 의미가 있을 것인가. 그저 사람으로 났으니 사람답게 살면서 고귀한 생명들에게 상처주지 않고 살다가 모두가 가는 그 길을 기꺼운 마음으로 받아들일 일이다. 진정 이 땅에서 의미 있는 삶은 내 삶의 가치를 내가 인식하고, 내가 기억하며, 내가 생각하고 있는 순간들뿐이다. 흐릿해진 생각으로 나의 가치도

"생명이 있는 것은 반드시 죽는다. 그리고 저승에 가서 영원한 생명을 얻는다."
─윌리엄 셰익스피어(William Shakespeare)

모른 채 그저 숨만 붙어 있어 간신히 호흡하며 사는 것은 이미 죽은 삶이다. 내가 나를 또렷하게 기억하고 있는 동안만 나는 살아 있다.

살아 있는 한 열심히 운동하고, 열심히 공부하고, 열심히 상상하며, 열심히 기억하고 살아야겠다. 내가 생각하는 순간이 내가 존재하는 순간일 것이므로.

7
나 스스로 이기적인 존재라고 느낄 때

　자신의 아름다움을 발견한 사나이가 있다. 왜 사람들이 자신에게 빠져드는지를 알지 못하던 사나이가 어느 날 자신의 아름다움을 발견한다. 물 속에 비친 자기 모습에 스스로 빠져든 것이다. 그리고는 자기 도취에 빠지듯 물속으로 뛰어들어 죽고 만다. 물 속에 비친 것이 자기 반영이라는 것을 알았다면 그가 물속으로 들어가 죽음을 맞이하지는 않았을 것이다.

　그리스 신화의 나르키소스 이야기지만 세상에는 나르키소스가 참 많다. 이타심이 아니라 자기애에 가득 차 살아가는 이들이 많다. 물론 우리 모두는 어느 정도 자기도취에 빠져 산다. 장점이 없는 사람은 없으니까.

삶에 실패하는 사람들은 대부분 단점보다 장점이 많은 이들인 경우가 많다. 그들은 주변의 칭송 속에서 우렁찬 환호에 빠져들고, 열렬한 박수에 스스로 도취되어 늘 자신만 들여다본다. 자아성찰을 하지 않으면 우리는 이런 오만의 늪에 쉽게 빠질 수 있다. 때로는 시련을 당할 수도 있으나 그 시련을 배움의 기회로 삼아야 한다. 넘어져본 적이 없는 사람은 결코 일어서는 법을 배울 수 없다. 시련을 겪어보지 않고는 시련을 극복하는 법을 배울 수 없다. 이별의 아픔을 겪어보지 않고는 만남의 소중함을 이해하지 못한다. 갈급한 상황에서야 가장 시원하고 맛있는 물맛을 알 수 있고, 지독한 배고픔을 겪어야 지상에서 가장 맛있는 음식을 만날 수 있다.

상처는 스승이다.

남의 흉은 사흘이다.

오늘이 지나면 다시 못 볼 사람처럼 가족을 대하라.

어머니의 웃음 속에는 신비가 있다.

시간 없을 때 시간 있고, 바쁠 때 더 많은 일을 한다.

시련이란 해가 떠서 지는 것만큼이나 불가피한 것이다.

항구에 있는 배는 안전하지만 그것이 배를 만든 이유는 아니다.

사람은 실패를 통해 다시 태어난다.

아름다움이나 장점은 삶의 방해물이 아니다.

오히려 그 아름다움을 잘 활용하여 살아간다면 더 행복한 삶을 유지할 수 있다.

다만 자기도취에 빠져 자신의 장점이나 아름다움에 취해 사는 게으름이 스스로를 망치고 만다.

감사함을 통하여 부유해질 수 있다.

돈은 바닷물과 같아서 마시면 마실수록 목이 마르다.

- 정호승, 〈상처가 스승이다〉 중에서

세상은 상대적이다. 상대를 바라보며 살아야 하는데도 자신 속으로만 빠져들다가는 소중한 삶을 허비하게 된다.

라퐁텐(Jean de La Fontaine)의 우화에는 아름다운 뿔을 가진 사슴 한 마리가 등장한다. 어느 날 맑은 샘물에 비친 자신의 아름다운 뿔에 반하지만 금방이라도 부러질 것 같은 가늘고 긴 다리를 보고는 실망한다. 그는 조물주에게 왜 자신에게 아름다운 뿔을 주었으면서 거기에 걸맞게 튼튼한 다리를 줄 일이지 약한 다리를 주었느냐고 불평한다. 이 때 사슴사냥을 나온 큰 개가 사슴을 향해 달려든다. 놀란 사슴은 죽을힘을 다해 숲으로 도망치지만 다리가 휘청거려 마음대로 도망칠 수가 없다. 아름다운 뿔이 혹시나 나뭇가지에 걸리지나 않을까 염려가 앞서 마음껏 달릴 수가 없었던 것이다. 그제야 사슴은 잘못을 뉘우친다. 아름답다고 여긴 뿔이 생명 유지에 오히려 방해물임을 깨닫는다. 대신 보잘것없다고 여긴 다리가 오히려 목숨을 살리는 수단이었음을 깨달은 사슴은 조물주에게 용서를 구한다.

그리스 신화의 나르키소스나 라퐁텐의 작품 속 아름다운 사슴은 자신의 장점에 도취된 경우다. 한참 잘 나가던 사람들이 더 좌절하게 되는 것은 대부분 그들에게 남다른 장점이 없어서가 아니라 오히려 그 장점이 그들을 옥죄기 때문이다. 분명히 아름다움이나 장점은 삶의 방해물이 아니다. 오히려 그 아름다움을 잘 활용하여 살아간다면 더 행복한 삶을 유지할 수 있다. 다만 자기도취에 빠져 자신의 장점이나 아름다움에 취해 사는 게으름이 스스로를 망치고 만다. 높이 올라가 본 사람은 더 아찔한 추락의 아픔을 맛볼 수도 있다. 항상 기본에서 출발한다는 겸손함으로 늘 부지런히 노력하는 삶을 살아야 한다.

우리 삶은 언제 어떤 상황에 처할지 알 수 없는 미지로의 여행이다. 나의 아름다움을 해치지 않고 잘 유지하며 살아갈 수 있어야 한다. 대답 없는 자기도취나 게으름에 빠질 것이 아니라 살아가는 동안 무수히 만나는 타인과의 관계 안에서 자신을 제대로 볼 줄 알아야 한다. 게으름은 장점을 장애로 만들고, 부지런은 단점도 훌륭한 무기로 만들어준다.

"너는 젊고 너의 앞에 세상이 있다. 허리를 굽히고 살아가라. 그러면 심한 충돌을 많이 피하게 될 것이다."
−G. 매더

8
그리움에
젖어들 때

비가 내린다. 주룩주룩 내린다. 유리창을 타고 줄줄 흘러내리는 빗물이 운치를 더해준다. 빗줄기는 한 줄의 시가 되고 한 소절 노래가 되면서 마음을 타고 흘러내린다. 방울방울 맺힌다. 작은 빗방울이 유리창을 흐르며 커지는가 싶더니 또그르르 굴러내린다. 빗방울들이 마음을 타고 흘러내린다. 그 빗방울마다 그리운 얼굴들이 어린다.

내가 세상을 살아오면서 만난 사람들은 얼마나 될까. 내가 떠나보냈거나 내게서 떠난 사람들은 얼마나 될까? 저 빗방울 수만큼, 아니그 이상일 것 같다. 빗방울마다 그네들의 모습을 담는다.

내 눈에 방울방울 이슬이 맺힌다. 평생 큰소리 한 번 쳐본 적 없이남에게 속아만 살고, 짓눌려 살고, 가난에 눌려 심호흡 한 번 제대로 못했던 아버지의 모습이 빗방울에 어리며 떨어지고, 다시 굴러떨어진다.

"진실한 친구가 없다는 것은 완전히 참혹한 고독이다. 친구가 없으면 이 세상은 광야에 지나지 않는다."던 베이컨의 말이 떠오르는 비오는 오후의 창가에 서 있다. 내게 진한 아픔을 남기고 떠나간 이들의 얼굴이 잔인한 미소를 머금고 떨어진다. 행복을 찾아 떠나간 그들, 나를 떠나면 더 행복할 것 같아 떠나간 그들이 까르르거리며 조소를 보낸다. 내게 바보스럽다며 인생사는 법을 가르쳐주던 사람, 싫은 소리 한 번 없이 남에게 주는 것만 즐기며 욕심 없이 살았던 친구, 어느 날 갑자기 혼자 잠을 자다가 아주 떠난 친구의 모습이 빗방울마다 어린다.

또그르르
또그르르
유리창을 두드리며 추억을 깨우면
문득 솟는 그리움으로
내 마음이 젖는다.
내 마음이 눈물 없는 울음을 운다.

조금씩 적시는 듯 물기만 남기며
그리움을 굴리며 떨어지는
빗방울 수만큼 아린 추억도 함께 구른다.

살아온 날만큼의 추억을

만나온 사람들만큼의 그리움을

언제쯤 어느 나이가 될 즈음이면

소탈하고 사람 좋은 미소로 품고 살 수 있을까.

내 젖은 마음이 비를 울리고

젖어드는 유리창은 나를 적시고⋯⋯

그리움인지 추억인지 비가 되어 내린다.

―최복현, 〈비 오는 아침〉

    내리는 빗줄기만큼 그리움이 커진다. 나를 얘기할 수 있는 상대가 그립다. 내 안에 쌓아두고 살아가는 무수한 말들, 어머니에게도, 아내에게도, 자녀들에게도 훌훌 털어버릴 수 없는 말들을 모두 털어낼 수 있는 그런 대상이 그립다. 아무리 이야기해도 가슴 속 깊은 곳에 찌꺼기는 남고, 그 찌꺼기가 가끔 마음을 갑갑하게 한다. 그런 날이면 진정으로 나를 아껴주었던 이들의 모습, 이제는 같은 하늘 아래서 볼 수 없는 그들이 그립다.

    "세상에는 세 종류의 친구가 있다. 그대를 사랑하는 벗이 있으며, 잊어버리는 벗이 있고, 또는 미워하는 벗이 있다." 독일의 소설가 장 파울(Jean Faul)의 친구에 대한 정의는 정말 맞는 것 같다. 친구를 보내

내리는 빗줄기만큼 그리움이 커진다.
나를 얘기할 수 있는 상대가 그립다.
내 안에 쌓아두고 살아가는 무수한 말들, 어머니에게도, 아내에게도,
자녀들에게도 훌훌 털어버릴 수 없는 말들을 모두 털어낼 수 있는 그런 대상이 그립다.

놓고 알 수 없는 무기력으로 몇 날을 보냈던 날들의 기억이 가슴을 헤집으며 빗방울 따라 굴러내린다. 비와 기억! 후줄근하게 젖는 도시의 풍경은 음산하다.

"사람은 누구나 친구의 팔 가운데에 휴식처를 구하고 있다. 그곳에 서라면 슬픔을 마음껏 털어놓을 수 있기 때문이다." 괴테가 절감했듯이 정말로 위로해줄 친구가 그립다. 그들은 아직 내 안에 살고 있다. 그들이 좋든 싫든 이 자리에 나를 있게 했고, 지금까지도 존재하게 한다. 그리고 나는 이들을 이후에도 기억할 것이다. 바쁜 일상 속에 잊고 살기도 할 테지만 이렇게 비 내리는 날이면 그들은 다시 내 기억 속을 헤집고 나타날 것이다.

사는 게 다 그런 거다. 늘 웃으며 살 수는 없다. 기쁜 날보다 우울한 날이 더 많은 게 사람 사는 일이다. 그러니 가끔은 우울도 즐길 줄 알아야 한다. 나이가 들수록 인간이 할 수 없는 일들이 많음을 절감한다. '나이는 숫자에 불과하다'고 말하는 이들도 혼자 있는 시간에 솔직한 심정이 되면 그건 한번 해본 소리임을 인정할 것이다. 사람이란 게 그런 거다. 남들 앞에서는 자신의 진정한 모습을 감추는 그런 존재

"하루에 한 번이라도 우울해지지 않는 사람은 어리석은 사람이다."
— 영국 속담

다. 그게 익숙해지면 혼자 있을 때마저 제 정체성을 잊어버리고 사는 어리석은 존재다. 이제는 하나씩 그런 나를 벗으며 살아야 한다. 이제까지 덧칠하며 무겁게 살았다면 이제는 나를 조금씩 가볍게 만들며 살아야 한다.

9
혼자 속울음을
울어야 할 때

파란 하늘을 배경 삼아 조용히 침묵을 지키고 있는 풍경이 있다. 처마 끝에 아슬아슬하게 매달려 있다. 작은 바람이라도 불면 툭하고 떨어질 것처럼 아스라이 처마에 매달려 있다. 눈으로 누군가 바라보아야만 인식되는 풍경은 파란 하늘 아래서 휴식을 취하고 있다. 가느다란 바람이 불어지나간다. 풍경은 때를 놓치지 않고 청아한 소리를 자아낸다. 그윽한 풍경소리가 고요한 산야를 깨우며 울려퍼진다.

풍경을 올려다보며 문득 자아성찰을 한다. 문제는 내 안에 있는데, 외부에서 해답을 찾으려고만 하던 내 모습이 풍경을 닮은 것 같다.

풍경은 안다, 혼자서는 아무런 소리도 낼 수 없음을. 그래서 맑은 날에는 기분 좋은 노래를 불렀고, 궂은 노래는 세차게 울었던 것이 바람 때문인 줄 알았다. 그런데 아프다. 온몸으로 흐느껴 울고 나면 더 아프다. 풍경은 그제야 다시 안다. 바람이 불러주는 줄 알았던 노래, 바람이 울려주었던 울음이 자신의 몸끼리 부딪쳐 울리는 소리였음을. 자신의 모든 문제는 자신이 떠안고 있었음을 풍경은 안다.

풍경은 모든 문제의 발단이 자기 안에 있음을 안다. 그런데 나는 문제가 생기면 늘 다른 그 무엇에 핑계를 대며 살았다. 모든 문제의 발단이 외부에 있는 줄만 알았다.

너는 노래할 줄 안다.
파란 하늘 가득 그리움을 안고도
속으로만 삼키는 노래를

너는 노래하고 싶어 한다.
처마 끝에 아슬아슬 매달려
애간장을 태우며 애련한 그리움을

너는 노래하고 싶다.
마음으로 모자라
몸으로 부딪치며 부르는
슬프고도 투명한 하늘 닮은 노래를

너는 안다.

바람이 불러주는 줄 알았던 그 노래가

네 몸끼리 부딪치고

네 마음끼리 아파서

네 몸으로 불렀던

그리움의 노래였음을……

―최복현, 〈풍경소리〉

나뭇잎들을 다 떨어낸 나무들이 추위에 떨고, 초록으로 수놓았던 들판이 소리 없이 저물어가는 지금, 갈대는 모여 서서 찬바람 부는 밤 조용히 울고 있다. 그러다 문득 자기를 흔드는 것이 자신의 조용한 울음임을 알아차린다고 신경림 시인은 노래했다. 하지만 갈대는 제 몸으로 부대껴 우는 게 아니다. 이웃한 갈대들이 너무 가까워서 바람이 불어오면 부대껴서 울고 있다.

어느 날 갑자기 나와 깊은 관계를 맺고 있던 사람이 떠난다. 영영 세상을 떠난다. 인생의 유한함과 순서 없는 떠남에 대해 생각하며 나를 돌아본다. 순서 없는 죽음이란 세계, 신의 마음대로 정해지는 생명의 탄생과 소멸의 섭리는 인간이 어찌할 수 없다. 분명 태어날 때는 순서가 있지만 떠날 때의 순서는 신의 손에 달려 있다. 물질문명, 기계문명의 위대한 발달 앞에서 신이 인간을 지배할 수 있는 무기는 인간의

갈대가 어느 날 자신의 몸을 흔드는 것이 제 울음인 것을 깨닫는 것처럼,
우리도 언젠가 모든 문제의 근원이,
그리고 그 모든 문제에 대한 해결의 근원이 결국 나 자신이며,
내 내면의 문제임을 깨닫는 날이 온다.

소멸 순서를 흐트러뜨리는 것이다. 소멸을 두려워하는 인간, 그 때를 가늠할 수 없는 인간은 신의 손아귀에서 고개를 숙일 뿐이다.

인생이란 무엇인지, 그 인생 속의 나란 존재는 무엇인지 나를 성찰한다. 그리고 그뿐이다. 이내 일상의 나로 돌아와 사람들 속에서, 일 속에 묻혀 산다. 얽히고설킨 사람들의 영향을 받으면서 우리는 흔히 우리 삶의 문제들을 그들의 탓으로, 외부의 탓으로 돌린다. 하지만 갈대가 어느 날 자신의 몸을 흔드는 것이 제 울음인 것을 깨닫는 것처럼, 우리도 언젠가 모든 문제의 근원이, 그리고 그 모든 문제에 대한 해결의 근원이 결국 나 자신이며, 내 내면의 문제임을 깨닫는 날이 온다.

이웃한 것들과 조화를 이루며 살기란 그리 녹록치 않다. 내가 나 자신의 내면과 싸워야 하고, 그래서 나 스스로 울어야 하고, 눈을 들어 이웃한 존재들을 보면 모두 내 마음 같지 않아서 갈등으로 울어야 한다.

하지만 풍경이 노래를 부르듯, 갈대도 노래를 부르고 있을 수 있다. 이제는 내가 나의 내면과의 싸움에서 울 것이 아니라 삶을 노래하고, 내 이웃한 것과의 갈등에서 벗어나 조화를 이루어 부대낌이 아닌 어루만짐이 되어 삶의 노래, 조화의 노래를 합창해야 하리라. 하모니가 있는 세상을 살아야 하리라.

　……산다는 것은 속으로 이렇게
　조용히 울고 있는 것이란 것을

그는 몰랐다.

- 신경림, 〈갈대〉 중에서

　　조용한 밤이 내게 필요하다. 조용한 시간, 조용한 침묵의 시간, 조용한 사색의 시간이 필요하다. 이 조용함 속에서 우리는 학교에서도 배우지 못했고, 훌륭한 인생의 선배나 스승에게서도 배우지 못했던 내면의 가르침을 듣게 된다. 외부에서 받은 자극들이 내면화되어 나에게 외치는 소리들, 그 소리들 속에서 나는 삶의 진리를 발견한다.

"눈을 안으로 뜨라. 네가 찾는 것은 네 마음속에 있다. 이제까지 발견하지 못했던 새로운 것이 네 마음속에 있을 것이다. 너의 마음속에서 얻은 것이 진정한 너의 것이다."
- 헨리 데이비드 소로(Henry David Thoreau)

10
지리산의
아침

요즘 2~30대는 혼자서 놀고 즐기는 경향이 많다고 한다. 심지어 10대들은 함께 논다고 모여도 함께 놀지 않는다. 각각 게임을 하거나 인터넷의 바다 속을 유영한다. 이들에게 함께 논다는 것은 같은 장소에 있다는 의미일 뿐이다. 서로가 대화를 할 필요를 느끼지 않는다.

그들은 인터넷이나 가상공간에서 시간을 보내며 즐긴다.

반면 나이든 사람들은 혼자 노는 일에 익숙하지 않다. 그래서 나이든 이들은 혼자 보내기보다는 함께 하기를 원한다. 서로 이야기를 주고받고, 함께 운동을 하거나 산책하기를 즐긴다. 중년 이후에는 경제적 현실을 고려하여 함께할 수 있는 놀이를 즐긴다. 그래서 축구를 하거나 배드민턴을 하거나 또는 동호회를 구성하여 산을 찾는 경우가 많다.

젊은 시절부터 산을 찾는 것도 좋은 일이지만 중년 이후에 딱히 좋은 취미가 없다면 등산에 관심을 가져보는 것도 좋다. 자연을 접하며 찌든 마음도 정리하고, 마음의 기쁨을 되찾을 수 있으니 말이다. 산은 자연 그대로라 편안한 안식과 위로를 준다. 누가 찾아와도 거부하지 않는 것이 다정한 외할아버지를 닮았다.

세상살이 그리 마음먹은 대로 되던가.

될 듯싶다가도 안 되는 일 얼마나 많던가.

믿거라 하던 사람

아픈 상처 내게 남기는 사람도

가슴 먹먹하게 만드는 사람도

살다보면 서너 명쯤은 만나며 사는 게 우리 아니던가

그리하여

그리하여

마음 달랠 길 없고

위로 받을 상대도 없거든 지리산에 오시게

많은 이들이 지리산에 들면

노고단 쪽으로 오르거들랑

그대는 그리 말고 만복대 쪽으로 오르시게

기왕이면 아침이 오기를 망설이며 꾸물거리는

그 새벽에 혼자라도 오시게

영험한 기운을 싣고 부는 바람의 말을 들어보시게.

가슴을 후벼 파며 깊이 그 말을 들으시게

그 바람에 근심걱정일랑 실어 보내게

쿨쿨하여 감당할 수 없는 짐일랑 모두 지고 와서

여기 성삼재에서 만복대로 오르는 숲길에 내려놓으시게.

아침을 깨트리며 영롱한 목소리로 목청껏 노래하는

새들의 고운 노래에 근심일랑 얹어 떠나보내시게.

성삼재에서 만복대 사이로 사이로 부는 바람의

맛은 어떠한지

바람도 맛이 있고 멋이 있다는 걸,

새들의 노래도 품위가 있다는 걸

신령한 기운이 아무 데나 있는 것이 아니라는 걸

와서 실컷 느끼고 가게.

때로 죽고 싶을 만큼 아리다면서

이 정도의 수고쯤이야 할 법하지 아니한가.

쓸쓸한 날에도 기쁜 날에도

누구 함께 올 사람 있으면 함께 오고

그렇지 않으면 혼자라도 오시게

만복대에 오르는 순간 그대는 이미 딴 사람이 되어 있을 걸세.

–최복현, 〈지리산의 아침(만복대에서)〉

산은 언제나 그대로 있다. 누구에게 상처를 주지도 않고, 먼저 떠나지도 않는다. 산은 찾아오는 사람을 언제나 반겨 맞으며, 위로와 안식을 준다. 살다보면 사람들은 때로 같은 사람에게 상처를 주기도 한다. 상처뿐 아니라 아예 헤어날 수 없는 구렁텅이로 몰아넣기도 한다.

사람에게 가장 큰 기쁨을 주는 것도 사람이지만 가장 큰 아픔이나 슬픔을 주는 것 역시 사람이다. 미워할 수만도 없고, 사랑할 수만도 없는 이 사람, 사람처럼 복잡하고 기묘한 심리구조를 가진 동물은 다시 없다. 사람의 심리 속엔 이 세상 모든 만물의 모습이 들어 있기 때문이다.

사람 속에서 행복하고 즐겁고 기쁨을 찾아야 하지만 진정한 행복을 발견하려면 사람에게서 떠나 사람을 보아야 한다. 가까이 있어서 잘 알 수 없는 사람을 알기 위해서라도 때로 사람에서 멀어져 본다.

이렇게 산에 올라 사람을 보면 사람 속에서 행복을 찾는 지혜가 찾아온다. 산은 어쩌면 단순할 수도 있는 일, 나를 내려놓는 지혜를 준다. 생각만 하고 있던 일을 실천으로 옮길 수 있는 용기를 준다. 산은 우리에게 아주 좋은 친구다. 사람으로 인해 상처 입은 사람들을 치유하여 다시 사람 곁으로 돌아가게 한다. 그래서 혼자 있는 법과 함께 잘 지내는 법을 가르쳐준다.

지리산의 아침을 너에게 보여주고 싶다.
성삼재에 올라서면 노랗다 못해 푸름을 담고
쨍하고 깨질듯한 별들이 사랑을 나누고 우정을 맺는 모습들을

지리산의 아침을 너에게 보여주고 싶다.
설렘으로 다가오는 반야봉 위에 길게 누워
파릇하게 밝아오는 아침을 기다리는
저 아름답고 고운 자태를 뽐내는 구름의 늦잠을

지리산의 아침을 너에게 보여주고 싶다.
만복대를 오르는 내 발걸음을 멋게 하며
발그레한 수줍음으로 반야봉 동쪽 하늘을 물들이는
아침 길을 따라 숨을 토해내며 살그머니 얼굴 내미는 순수한 얼굴,
지리산에서나 볼 수 있는 맑은 미소의 해님의 얼굴을
지리산의 아침을 너에게 들려주고 싶다.

조심스럽게 내딛는 내 발자국 소리가 아니라

아직 알아들을 수는 없지만 제 꿈을 자랑하는 새들의 노래,

기막히게 맑고 투명한 산새들의 노래라고 하기엔

내 어휘 사전에서 도저히 찾을 수 없는 그 즐거운 지저귐을

지리산의 아침을 너에게 들려주고 싶다.

세상에 그 모든 악보보다 더 자연스럽고 웅장하고

때로는 슬프고 아름다운 운율로 불어주는 바람의 노래

멈추는 듯 다시 시작하는 그 신비의 바람의 음악을

그 신비의 바람의 노래를 너와 함께 듣고 싶다.

지리산의 아침을 너와 함께 나누고 싶다.

언제가 될지 함께 느낄 수 있는 그날,

너의 손과 내 손이 만나는 그 짧은 첫 순간을 위해 남겨 놓은

가슴 떨리는 그 첫 마음의 기쁨을 남겨두었다가

지리산의 아침을 너와 함께 상큼하게 느끼고 싶다.

― 최복현, 〈지리산의 아침〉

사람이니까 사람을 떠나서 살 수는 없다. 사람 중에는 산을 닮은 사

람이 있고, 풀씨를 닮은 사람이 있다. 그 사람 중에 나는 어떤 사람이 되어 살아야 할지를 생각해본다.

산을 닮은 사람은 스스로를 크다고 생각하며 자리를 지킨다. 자신이 가진 것을 넉넉한 것으로 여기며 남에게 주면서 산다. 그래서 산을 닮은 사람에겐 사람들이 모여든다. 하지만 산을 닮은 사람이 된다는 것은 어려운 일이 많다. 산이 좋아 깃드는 사람들이 떠날 때는 산을 훼손하는가 하면 쓰레기를 두고 가기도 하는 것처럼, 사람이 은혜를 입으면 처음엔 고마워하는 마음을 가지지만 오래지 않아 당연히 받을 것을 받은 것처럼 생각하며 은혜를 잊어버리기도 한다. 오히려 타성에 젖어 결국 실망을 주고, 상처만 남기고 떠난다.

하지만 그 사람들이 떠나고 나면 또 다른 사람이 찾아와서 산을 즐기고, 산을 보호해주려 애쓰며, 산의 소중함을 노래하는 것처럼 더러는 좋은 사람들이 의리를 가지고 가까이 남아 지켜주기도 한다. 산이 되어 살아가는 일, 그 자체로 보람 있는 삶이다.

제**5**부

꿈을 찾고 싶은
그대에게

1
더 많이 알려고 해야
더 많이 알 수 있다

아침 전철을 타는 일은 설렌다. 전철에 앉아 쓸 글들이 내 감성을 자극해서다. 하루 일과를 마치고 돌아가는 전철에서 진지해지는 건 자리에 앉아 써 나가는 글들 속에 내 하루의 삶을 담아내기 때문이다. 전철이란 공간은 종종 이렇게 멋진 시간들을 만들어준다.

때로는 눈을 붙이고 잠을 청하기에도 좋다. 달콤한 잠속으로 전철은 인도한다. 엄마가 아기를 품에 안고 가만가만 흔들어주듯이 전철은 적당한 흔들림으로 나의 잠을 돕는다. 달콤한 휴식을 취하고 나면 나는 다시 어떤 일을 진행할지 작은 계획들을 세운다. 전철이란 공간은 서울 시민들에게 필수적인 곳이다. 전철에서의 시간은 삶의 일정부분을 채워준다.

뭔가를 꾸미며 전철을 타는 일은 늘 나를 행복하고 설레게 한다. 전철을 타면 대부분 핸드폰에 몰입해 있다. 스마트폰이 출시된 이후 급격히 바뀐 풍경들이다. 전에는 어쩌다 책을 든 이들이 보였지만 요즘은 통 볼 수가 없다. 같은 전철 안에 있어도 하는 일은 제각각이다. 전철 안에서 책이 사라진 것이 아쉽다. 가방 안에 있던 책들마저 집이나 사무실에 내려놓고, 그저 핸드폰 하나 달랑 들고 들어오는 사람들로 전철은 채워질 것이다. 사람들이 핸드폰에서 즐거움을 느끼고 흥미를 채우는 만큼 책과는 멀어지고 있다.

영화 〈일라이의 마지막 책〉처럼 마치 마지막 보루라도 된 듯이, 나는 비장하게 책을 꺼낸다. 나는 독서의 즐거움, 자세히 아는 즐거움을 발견한다. 독서, 제대로만 한다면 독서처럼 즐겁고 유쾌하고 생산적인 것이 또 있을까. 독서법에 관한 책들이 많이 나와 있다. 하지만 그 독서법을 익혀도 분야별 책읽기에는 여전히 어려움이 남는다. 시집을 읽으려면 시에 대한 기본 개념이라도 알아야 제대로 읽을 수 있고, 소설을 읽으려면 소설에 대한 기본 상식이라도 있어야 한다.

세상은 내 안에 있는 것으로 본다. 그리고 그 이상을 볼 수 있는 것은 내 마음에 달려 있다. 단순하게 보면 나는 내가 아는 만큼만 책 속에서 발견할 수 있다. 하지만 좀 더 그 책에서 깊이 알려는 관심을 가지고 보면 그만큼 더 깊이 볼 수 있다. 관심을 갖는 만큼 볼 수 있는 것이다. 공자가 "아침에 일어나 하나의 도를 깨우치면 오늘 죽어도 여한이 없다.”고 한 것처럼 행간에서 얻는 깨달음과 새로운 발견은 행복을 가져다 준다. 책을 읽음으로써 얻는 기쁨, 정말 경제적인 행복이라 할 수 있다.

세상에 대해 관심을 가지면 감춰져 있던 많은 것들이 여기저기서 나타난다. 멀리 보는 사람은 멀리 볼 수 있다. 넓게 보고 멀리 보는 즐 거움으로 세상을 살려면 어린이처럼 호기심을 유지하며 살아야 한다. 반면 가까이서 보면 자세히 들여다볼 수 있다. 더 세밀하게 깊이 볼 수 있다. 책읽기도 마찬가지다. 많은 책을 읽는 것도 기쁨이지만 책 한 권 의 행간에서 자잘하게 발견하는 기쁨도 크다. 행간에서, 단어 하나에 서 기쁨을 얻으려면 내 안에 지식을 쌓아두어야 안다. 그것은 내가 아 는 것만큼만 볼 수 있기 때문이다. 책을 읽으며 얻는 행복은 많이 아는 즐거움과 자세히 아는 즐거움을 고루 느끼는 일이다.

아무리 풍요로운 시대에 살고 있다 해도 교육의 기회를 얻지 못하 는 이들은 여전히 존재한다. 내가 그랬다. 초등학교를 졸업한 이후 학 교 문턱을 기웃거리기는 했어도 제대로 졸업장을 받지 못했다. 하지 만 교육의 기회를 얻지 못했다고 공부를 하지 말라는 법은 없다. 학교 에 가지 않고도 공부할 수 있는 길은 얼마든 있으니까 말이다. 미국에 가본 적이 없다고 뉴욕에 있는 자유의 여신상을 모르란 법도 없다. 알 려고 하면 어떤 방법으로든 알 수 있는 세상이다. 때로는 직접 볼 수 없기에 더 많은 것을 아는 경우도 얼마든 있다. 파리 에펠탑을 보고 온 사람 중에는 에펠탑에 얽힌 이야기를 나만큼 모르는 사람도 있을 테니까.

같은 책을 읽어도 그 책 속에서 찾는 크기는 다르다. 보는 만큼 보이고 보려는 만큼만 보이기 때문이다. 많이 보려 하면 많이 볼 수 있다. 아는 만큼 보이고 알려고 하는 만큼 더 볼 수 있다. 보는 대상의 크기보다는 그 대상을 어떻게 해석하는가에 따라 보는 크기가 달라진다. 그러니 책 백 권을 읽어 깨닫는 크기보다, 책 한 권을 제대로 읽어 깨닫는 크기가 더 클 수 있다. 무엇을 볼 때 아는 것만큼만 보려 하면 더 이상 발전이 없다. 더 많은 것을 알려고 해야 더 많은 것을 알게 되고, 더 깊이 알고자 할수록 더 깊은 지식을 얻는다. 그러기 위해서는 때로 나보다 깊이 있는 사람을 만나고, 나보다 많은 것을 아는 사람을 만나 배워야 한다.

알려는 노력은 아는 만큼 보려는 것이 아니라 그 앎의 크기를 키우려는 성찰이다. 보이는 만큼 보는 것이 아니라 더 많이 보려는 노력을 해야 한다. 더 많이 보려는 노력은 당연한 것을 당연한 것으로 보지 않는 '왜' 라는 자각을 깨우는 일이다. 보려고 하는 만큼 보이고, 알려고 하는 만큼 알 수 있다.

나는 아직 황야를 본 일이 없지만
나는 아직 바다를 본 일도 없지만
히드 풀이 어떻게 생긴 것인지

같은 책을 읽어도 그 책 속에서 찾는 크기는 다르다.
보는 만큼 보이고 보려는 만큼만 보이기 때문이다.

파도가 어떤 건지 알고 있지요
나는 아직 하나님과 말해본 적이 없어도
저 하늘나라에 가본 일 없어도
지도책을 펴놓고 보는 것처럼
그곳을 자세하게 알고 있어요.

우리가 볼 수 없는 세계는 우리가 보고 있는 세계보다 훨씬 넓고 크다. 육안으로 보는 세계보다 우리 마음으로 보는 세계가 훨씬 크다. 그러니 볼 기회를 갖지 못했다고 주눅들 필요도 억울해 할 필요도 없다. 세상을 가늠하는 것은 내 마음의 크기이지 내 육안의 크기가 아니다. 내 발로 직접 걸어본 세계보다 내가 얻은 정보를 통해 얻는 세계가 훨씬 크다. 마음만 먹으면 어떤 매체를 통해서든 내가 가보지 않은 세계라도 볼 수가 있으며, 내가 볼 기회를 잃었던 장면들마저도 찾아볼 수가 있다. 조금만 부지런하면 우리는 지금보다 훨씬 나은 삶을 살 수 있다. 남만큼 알지 못하는 것, 남을 따라가지 못하는 건 나의 게으름 탓이 크다. 무언가를 보려고 할 때 여건이 허락하지 않으면 상상으로라도 얼마든 할 수 있다. 이렇게 상상하는 일, 사색에 잠기는 일도 저절로 이루어지는 것은 아니다. 부지런을 떨기도 하고, 건설적인 사색을 할 수 있는 공간으로 움직일 수 있어야 한다. 이렇게 해서 무언가를 알게 되고 보게 될 때, 우리는 성취감과 만족감을 느끼며 행복이란 동지

를 만날 수 있다. 그럼에도 보고자 하는 것을 다 볼 수 없고, 알고자 하

는 것을 다 알 수는 없는 일이지만······.

"인생의 기쁨은 다른 사람들이 할 수 없는 일을 하는 데 있다."
– 월터 배젓(Walter Bagehot)

2
꿈을 찾는 사람은
언제나 젊은이다

　　오늘에 만족하는 사람은 오늘만큼만 삶이 유지되기를 바란다. 오늘이 괴로운 사람은 내일은 오늘보다 나을 거라는 희망으로 하루를 보낸다. 오늘이 즐거운 사람도, 오늘이 괴로운 사람도 꿈을 꾸며 산다. 구체적인 현실도 아니지만, 두 눈으로 확인한 사실도 아니지만 마음에 아름다운 미래를 그려넣는다. 우리는 그것을 꿈이라 부른다. 희망이라 부른다. 이런 소박한 꿈마저 없다면 무슨 낙으로 살 수 있을까. 때로는 비현실적인 과대망상증 환자라 해도 좋다. 지금보다 더 밝고 아름다운 미래가 주어지리란 마음속 그림이 있다면 현실은 괴로워도 행복할 수 있다. 꿈은 아름답다. 살아 있는 존재라면 누구나 꿈을 가지고 산다. 어리고 젊다고 꿈을 꾸고, 나이가 들었다고 꿈을 꾸지 않는 건 아니다.

나이가 들어 노년을 생각하면 서글프기도 하지만 그럴수록 더 꿈을 꾸며 살아야 한다. 현실로 가져올 수 없는 일일지라도 꿈을 꾸는 일은 잘못이 아니다. 꿈으로라도 응어리진 가슴을 풀어내며 살아야 한다. 세상을 살아가는 건 현실만이 아니라 상상과 꿈도 함께 살아가는 것이다. 내 안에 있는 것은 그 무엇이든 바로 나 자신의 것이다. 우리는 꿈을 꾸어야 한다. 나이가 들수록 더 꿈꾸기 위해 애써야 한다. 현실 속에서 점점 더 웅크리려 하는 것이 우리 존재이기에.

너에 대한 꿈을 너무 꾸었기 때문에 네가 현실성을 잃는 거야.

아직 시간이 있는 건가, 이 살아 있는 육체에 닿은 그 입술 위에

내가 정다운 목소리의 탄생을 들려줄 시간이.

나 너를 너무나 꿈꾸었기에 너의 그림자를 껴안으며

내 가슴 위로 겹쳐지는 데 익숙한 나의 두 팔은 어쩌면 두 번 다

시 너를 안을 수 없을 거야.

그리고 내 마음에 끊임없이 떠오르던 며칠

또는 몇 년이나 나를 다스렸던 이의 실제 모습 앞에선 나는 아마

도 하나의 그림자일 뿐이겠지.

오, 센티멘털한 거울이여.

나 너를 너무나 꿈꾸었기에 이제 다시는 잠에서 깨어날 수 없으리.

나는 내 몸을 생명과 사랑과 너의 앞에 모두 내보이며 선 채로 잠

이 든다.

오늘 나에게 소중한 하나뿐인 여자인 너,

너의 이마와 입술에 키스하긴 해도 내게 왔던 첫번째 입술과 첫

번째 이마보단 못하리.

내가 너를 너무나 꿈꾸고 너의 환영과 너무나 같이 걷고, 이야기

하고, 잠들었기에

내게 남은 일이라곤 어쩌면 환영들 중에 환영이 되는 것,

너의 생활의 해시계 위에 명랑하게 걷고 또 걸어갈 환영보다도

백 배나 더한 환영이 되는 것이리.

— 로베르 데스노스(Robert Desnos), 〈신비로운 여인에게 바치는 시〉

미래를 꿈꾸고 상상하며 우리는 꿈을 향해 나아간다. 그 꿈을 따기 위해, 꿈을 딸 수 있는 정신적 도구와 물리적 도구를 만들어낸다. 꿈을 현실로 만들기 위한 방법을 익히고 공부를 한다. 한번 생각하고 마는 꿈은 그저 꿈으로 끝나고 말지만, 어제 꾼 꿈을 오늘도 꾸고. 내일도 꾸고, 그렇게 매일 꾸다보면 현실이 될 테니까. 지나가는 생각으로 가진 꿈이라면 꿈으로 끝날 테지만 간절히 그것을 꿈꾸면 꿈만 같았던 일이 현실이 되어 내 앞에 다가올 것이다.

꿈이 있어서 산다. 사랑을 꿈꾸든, 성공을 꿈꾸든, 우리는 꿈을 꾸며 산다. 현실이 아무리 괴로워도 꿈을 꾸는 순간은 참을 만하다. 꿈이

꿈은 열망이다. 같은 꿈을,
같은 비전을 계속해서 마음에 품고 그 꿈을 향해 나아가면,
그렇게 노력하면 그 꿈은 언젠가 현실이 될 수 있다.

란 우리 삶에 있어서 모든 괴로움을 잠재우고 그 아픔을 느끼지 않게 해주는 모르핀과도 같다. 현실의 아픔을 잊게 하는 진통제 역할을 한다. 그 꿈이 현실로 찾아들지 않아도 순간의 고통을 잊게 하니 꿈은 좋은 것이다. 자꾸 꾸어도 좋은 것이다.

어릴 때 이런 전설이 있었다. 밤 12시에 식칼을 물고 화장실에 가서 거울을 들여다보면 미래의 반려자가 나타난다는 것이다. 그 거울에 실제로 사랑하는 사람의 모습이 제 얼굴에 겹쳐서 보인다고 했다. 신기한 일이었다. 그녀가 내 삶의 반려자가 될 것이라니, 손이라도 스쳐보았으면 한 그 상대, 한번만이라도 가슴에 안아보았으면 한 그녀가 미래의 내 사람이라니, 이 얼마나 신나는 일인가. 진실은 나중에야 알게 될 것이다. 그 모습이 두려움에 떨며 들여다본 내 마음의 허상이었음을. 웬만한 용기가 아니면 할 수 없는 일임에도 누군가 그 일을 행한다면 분명 그에게 보일 것이다. 간절한 열망이니까.

꿈은 열망이다. 같은 꿈을, 같은 비전을 계속해서 마음에 품고 그 꿈을 향해 나아가면, 그렇게 노력하면 그 꿈은 언젠가 현실이 될 수 있다. 물론 거기엔 인내와 노력이 필요하다. 인디언 추장이 비가 올 때까지 기우제를 지내는 것처럼, 에디슨이 실패를 거듭해도 성공할 때까지 반복해서 애썼던 것처럼, 꿈을 현실로 만드는 것은 나 자신에게 달려 있다.

"젊은이는 꿈에 살고 노인은 추억에 산다."는 프랑스 속담처럼 젊다는 것은 그만큼 가능성이 많다는 의미다. 그만큼 젊음에는 열정도 있고 도전 정신도 있다. 하지만 아무리 젊어도 꿈을 꾸지 않으면 이미 마음이 늙어 노인만한 열정도 갖지 못한다. 반면 꿈이란 젊건 늙었건 동일한 조건이라는 인식을 하며 꿈을 꾸는 순간 비록 몸은 노인이어도 그 마음엔 열정이 용솟음친다. 꿈이 사람을 젊게 만드는 것이지 젊음 그 자체가 사람을 젊게 유지시켜주는 것은 아니다.

꿈이 이루어지지 않은들 어떤가, 꿈을 꾸는 순간 행복할 수 있었는데. 어쩌면 이루어지지 않아서 더 아름다운 것이 꿈이 아닌가. 나이가 들었다는 이유, 어른이라는 이유, 이러저러한 이유로 생각하는 일, 꿈에 젖는 일을 쓸데없는 짓으로 생각하고 마음의 문을 닫으면 우리는 우리 자신을 늙게 만든다. 몸이 늙는 것도 꾸준한 운동으로 어느 정도 늦출 수 있는 것처럼 마음이 늙는 것, 마음의 노화를 늦추는 일도 늘 사색하고 꿈을 만드는 일로 늦출 수 있다. 꿈을 꾸는 일, 공상에 젖는 일은 나이든 이들에게 부끄러운 일이 아니다. 건설적이고 젊게 사는 일이다. 꿈꾸는 중년이 아름답다. 살아 있는 한, 꿈을 꾸는 그 사람은 아름답다.

"꿈이 있는 사람은 음악이 없어도 춤을 춘다."
—영국 속담

3
젊어서는 눈으로, 나이 들면 마음으로 본다

"중요한 것은 눈으로 볼 수 없어. 마음으로 보아야 하는 거야."

《어린왕자》의 한 대목처럼 우리는 눈 이외의 다른 것들로 보는 것이 더 많다. 혀로 맛을 보고, 귀로 소리를 들어보고, 감정으로 느껴보고, 손으로 만져본다. 오감을 통해서 세상을 보고, 마음으로도 세상을 본다. 눈이 보는 일을 담당하는 것 같지만 실제로는 마음으로 보는 것이 훨씬 많다. 눈은 현장에 있어야만 볼 수 있지만 마음은 어디에 있든 장소나 시간에 관계없이 많은 것을 볼 수 있다.

눈으로 본 것은 물리적인 실체를 보는 것이어서 늘 한계가 있다. 하지만 마음으로 보는 것은 어떠한 한계도 경계도 없다. 그래서 마음은 많은 것을 볼 수 있다. 마음이 보는 것은 꿈이며, 상상의 세계이다. 가상의 세계다. 이 세계는 어느 누구도 빼앗아갈 수 없다. 보이지 않는 실체이기 때문이다.

그런데 정작 나이가 들면서 희미한 눈으로만 세상을 보려 한다. 젊어서는 빨리 움직이고 많이 움직일 수 있어서 눈으로도 많은 것을 볼 수 있다. 반면 나이가 들면서는 움직임도 더디고 행동반경이 좁아지니 눈으로 보는 것도 줄어든다. 그럴수록 많은 것을 보기 위해서는 마음으로 보아야 한다. 그런데 우리는 그 마음마저 닫으려 한다. 샤를 보들레르(Charles Pierre Baudelaire)는 그의 시 〈창문들〉에서 상상으로 보는 세계를 노래한다.

열려 있는 창문으로 밖을 보는 사람은 닫힌 창을 바라보는 사람 만큼 많은 것을 보지 못한다.
촛불로 밝혀진 창보다 더 심오하고, 더 신비롭고, 더 풍요롭고, 더 어둡고, 더 빛나는 대상은 없다.
햇빛에서 볼 수 있는 것은 유리창 뒤에서 일어나는 것보다 흥미롭지 못하다.
검거나 빛나는 그 구멍 속에서 삶이 숨 쉬고, 인생이 꿈꾸고 인생이 고통을 겪는다.

보들레르의 말처럼 열린 창으로 안을 보면 이미 길지 않은 시간에 상황 모두를 손쉽게 볼 수 있다. 반면 닫힌 창을 통해 그 안을 들여다 보면 제대로 보이지 않아 많은 생각을 하게 된다. 눈으로만 보면 이미 선입견이 작용하기 때문에 보는 게 전부다. 더 이상은 볼 수 없다. 하지만 보이지 않는 것을 보려 하면 마음이 작용한다. 마음은 최대한 많은 것을 보려 한다. 알 수 없으니 상상한다. 그래도 답이 안 나올 것 같으면 아예 자기 식대로 시나리오를 쓴다. 그래서 열린 창으로 보는 것보다 닫힌 창으로 더 많은 것을 볼 수 있게 되는 것이다. 보들레르는 그러면서 닫힌 창을 바라보며 나름 상상으로 그 안의 전설을 재구성한다고 노래한다. 그것도 젊은 처자가 아니고, 진득하니 꽤 오랜 세상을 살아온 어느 노인의 이야기를 말이다.

> 지붕의 물결 너머로 나는 성숙하고, 이미 주름지고, 가엾고, 무엇인가 쪽으로 항상 몸을 굽히고 있는 여인, 한 번도 외출한 적이 없는 어느 여인을 알아보았다. 그녀의 얼굴, 그녀의 옷, 그녀의 몸짓, 아주 보잘것없는 것을 가지고 나는 그 여인의 이야기를 아니 차라리 그녀의 전설을 재구성한다. 가끔 나는 울면서 그녀의 이야기를 생각한다.
> 만일 그 이야기가 어느 불쌍한 노인의 이야기였더라면 나는 그 노인의 이야기를 아주 쉽게 재구성했을 텐데. 그리고 나는 나 자신과는 다른 사람으로 살았고, 고통을 겪었다는 데 대해 자랑스

열려 있는 창문으로 밖을 보는 사람은
닫힌 창을 바라보는 사람만큼 많은 것을 보지 못한다.

러워하며 잠자리에 든다.

아마도 당신은 나에게 이렇게 말하겠지.

'넌 이 전설이 사실이라고 확신하니?' 현실이 나를 살아 있도록 도와주며 내가 존재하며 내가 나 자신이라는 것을 느끼도록 도와준다면 내 밖에 자리 잡고 있는 현실이야 무슨 상관이랴.

　　　　　　　　　　　　　　　　　　　─샤를 보들레르, 〈창문들〉

상상의 눈으로 보는 것이다. 창가에 비친 그림자를 통해 많은 모습을 보는 것이다. 구체적으로나 실제적으로 보이지 않으니 상상으로 보기 때문이다. 실루엣으로는 그 존재가 여인인지 남자인지, 아가씨인지 할머니인지 알 수 없으니까 상상의 눈으로 보고야 만다.

상상은 더 많은 것을 보여준다. 보이지 않는 것으로 나는 많은 이야기를 만들어낸다. 보이지 않는 것을 보려는 노력, 그 노력으로 나는 많은 것을 발견해내고 만들어낸다. 보이지 않는 세계에서 나의 세계는 시가 되고 노래가 되고 소설이 된다. 보이지 않는 것을 볼 수 있는 마음의 눈, 나이가 들수록 그 마음의 눈을 더 크게 떠야 한다. 상상의 세계를 더 넓히고, 그것을 더 넓게 해석하려 애써야 한다.

무수한 창작들은 보이지 않는 곳에서 온 것들이다. 그 공허한 것들이 사람들의 마음에 자리 잡으면서 더 이상 공허로 남지 않고 현실화된다. 이 세상은 보이지 않는 것을 끄집어내 글이나 말로 보여준 이들에 의해 진보해 왔다.

　새를 보며 날아가는 자신의 모습을 보았던 사람은 비행기를 만들어 내었고, 아무리 헤엄쳐도 지치지 않는 물소를 보며 배를 만들어내었다. 폭포를 보며 생각을 뒤집는 상상으로 분수가 만들어졌다. 상상은 모두 언젠가는 현실이 된다. 무한한 가능성, 그것을 여는 사람이 있어 인류는 진보한다.

　내가 바라보는 사람, 나는 그의 외모를 보고 그를 판단한다. 그의 재산, 그의 학력, 그의 가족 관계 등 그에게서 드러나 있는 것을 보고 그를 받아들인다. 하지만 그에게서 정작 중요한 것은 볼 수 없다. 중요한 것은 눈으로 볼 수 없으니까.

　보이지 않는 세상의 크기는 보이는 세상보다 훨씬 더 크다. 그리스 인들이 엄청나게 큰 우주를 상상으로 보고 신화를 만들어냈듯이 상상은 우리에게 엄청나게 큰 우주를 보여준다. 나이가 드는 만큼 우리는 많은 것을 본다. 그 본 것이 우리의 상상을 가로막고 시야를 가두었다.

　다시 비울 수는 없을까. 이제껏 보아온 많은 것들을 완전히 소거할 수는 없을까. 그래서 자유롭게 더 많은 것을 보며 살아갈 수는 없을까. 상상력과 호기심이 줄어들기 시작한다면 다시 상상해야 한다. 상상력을 기르고 자꾸 호기심을 발동시켜야 한다. 정신이 늙으면 행복하지 않다. 비록 신체의 나이, 물리적인 나이는 들어도 마음은 늘 청춘이어야 행복하다. 주책이란 소리를 들어도 20대를 친구로 느끼고, 그들과 같은 열정이 있어야 우리는 행복할 수 있다. 나이로 스스로의 감옥을 만들지 말고, 어른이라는 이름으로 자신을 가두지 말고, 자유로운 영혼을 꿈꾸며 살자. 남들이 뭐라 하든 내가 즐겁게 살아야 한다.

"사색은 이성의 노동이며, 상상은 그 즐거움이다."
—빅톨 위고

4
내 삶의 고뇌를
창조적으로 이용한다

우리 삶에는 곳곳에 가정법이 도사리고 있다. 그만큼 우리에겐 불가능한 일이 많고, 우리의 바람이 많다는 의미다. 문법에서 현실적으로 불가능한 일을 가능하게 하는 일은 가정법이다. 이를테면 가정법은 현재나 과거 또는 미래에 있어서 실현 불가능한 일, 일어날 가능성이 없지만 만약에 그러한 조건이 갖추어지면 실현 가능할 수 있다는 전제, 현실적으로는 불가능하지만 충분조건만 갖추어진다면 가능할 수 있는 일을 다루는 법이다. 물론 그 충분조건은 현실적으로는 없다. 그 충분조건은 내가 해결할 수 있는 문제가 아니다. 그 조건을 충족시켜 줄 수 있는 존재는 신밖에 없다.

그런 가정들이 우리에겐 얼마나 많은가. 너무 이른 나이에 만나서 사랑을 해도 그 사랑은 이루어질 수 없다. 너무 가까운 사람이 사랑의 감정을 품어도 사회적 제약으로 그 사랑을 이룰 수 없다. 그뿐인가. 이 상형을 만났으되 이미 어떤 제도 속에서 충분조건이 상실된 경우도 있으니, 이를 어쩌랴. 이 모두가 우리 삶의 바람이다. '네가 결혼한 사람이 아니었더라면' 이라는 조건에서 이미 결혼한 사실이 되돌려질 수는 없다. '내가 백만장자라면' 이라는 가정에서 나는 이미 백만장자가 아니다. 가정법은 실현 불가능하지만 우리의 희원을 담은 희망사항일 뿐이다.

나 한 마리 작은 새라면
그리고 두 개의 날개가 있다면
그대에게 날아갈 수 있으련만
그러나 그럴 수가 없기에
난 언제나 이곳에 남아 있네요.
나 그대 곁에서 멀리 떨어져 있지만
잠이 들면 그대 곁에 있다오.
그리고 그대와 얘길 나눈다오.
하지만 내가 잠에서 깨어나면
난 혼자랍니다.
밤이면 밤마다 내 마음은 눈을 뜨고

그대를 생각하네요.

수천 번 내게

그대의 가슴을 선물했네요.

– 외국민요, 〈나 한 마리 작은 새라면〉

가정을 세워 충분조건이 채워진다면 더할 나위 없고 기존의 틀을
깨지 않고도 아름다운 사랑들이 이루어질 테지만, 그렇지 못한 조건들
이 우리에겐 너무나 많다. 그래서 사랑이 더 슬프고, 애절하고, 괴롭기
도 하다. 우리에겐 이러저러한 사연이 너무도 많다.

애절한 그 사랑을 이룰 수 없을 때 우리는 가정을 해보며 마음을 달
랜다. 하지만 마음을 달랜다고 그 욕망이, 그 희원이 말끔하게 해소되
지는 않는다. 그때에 우리는 문학을 생각한다. 가득차서 넘치는 마음
의 상념들을 풀어놓을 방법은 그밖에 없다. 창작 속에는 내가 직접 들
어가지 않아도 된다. 나의 경험이 아니어도 좋다. 하고는 싶지만 할 수
없는 일, 하려고 했지만 이루지 못했던 일, 그 일들을 문학 속에서는
얼마든 해낼 수 있다. 문학은 이렇게 가정법에서 풍요로워진다.

사랑하는 일에는 웃음과 눈물이 있으며,

언제나 이러저러한 이유로 웃고 울게 한다.

아침이면 난 즐거워 웃었는데

황혼녘엔 왜 우는 걸까.

그건 나도 모르겠다.

사랑하다보면 웃음도 나오고 눈물도 나고,

언제나 허다한 연유가 생긴다.

저녁이면 난 고통으로 눈물 흘리는데,

아침이면 왜 당신은 미소 짓는 얼굴일까.

오, 마음이여, 너에게 묻고 싶다.

－프리드리히 뤼케르트, 〈웃음과 눈물〉

사랑의 괴로움은 시를 낳고, 소설을 낳는다. 문학은 이런 고뇌들이 뱉어낸 배설물들이다. 우리가 음식을 먹어서 나오는 배설물들은 더럽고 견디기 어려운 물질이다. 하지만 삶의 고뇌를 앓고 앓다가 배설하는 정신의 산물들은 삶의 향기를 낸다. 고뇌가 깊을수록, 외로움이 깊을수록 정신적 산물은 더 진한 삶의 향기를 낸다. 그 산물들은 나 자신에게도 도움을 주지만 다른 이들의 정화작업에도 많은 도움을 준다.

"미래가 어떻게 될 것인가 이리저리 살피는 일은 그만두어라. 시간이 가져다주는 것은 무엇이든지 선물로 받으라."

－호라티우스(Quintus Horatius Flaccus)

때로는 이렇게 우리를 괴롭게 하는 일들이 우리 인생을 더 빛나게 하고 아름답게 한다. 삶의 고뇌, 외로움, 번뇌는 그래서 아름답다. 그것을 창조적인 영역으로 옮겨놓을 때 아름답다.

5
상상력을 자극하는 한
나는 젊은이다

하늘에 걸린 무지개 바라다보는

내 가슴은 뛴다.

어렸을 때도 그랬고

어른이 된 지금도 내 가슴은 뛴다.

늙은 뒤에도 그랬으면 좋겠다.

아닐 바엔 차라리 죽는 것이 낫겠지!

— 윌리엄 워즈워드(William Wordsworth), 〈무지개〉

'아는 것이 병이다' 라는 말은 현실을 인식한다는 또 다른 표현이
다. 앎의 세계는 우리의 사고를 넓혀주기보다는 제한하고 좁힌다. 앎

의 세계에 들어설수록 현실은 다가오지만 꿈의 세계, 상상의 세계는 멀어진다. 그러다보면 점차 자신의 사고영역을 좁혀서 현실의 틀 안에 스스로를 가두고 만다.

계수나무가 있고, 그 나무 아래 절구방아를 찧는 토끼들이 살던 아름다운 달나라는 사라지고, 사람이 살지 않는 대지와 분화구로 되어 있는 세계만 남는다. 영롱하게 꿈꾸듯이 바라보던 아름다운 무지개는 사라지고, 고운 입자들로 이루어진 빛의 파장들만 물질로 남는다. 현실들만 다가선다. 현실만을 보고 그대로 인정한다면 인류의 문명은 제자리걸음일 뿐 앞으로 나갈 수 없다.

새처럼 하늘을 날 수 있을 거란 엉뚱한 생각이 비행기를 만들게 했고, 돌고래처럼 자유롭게 물속을 드나들고 싶다는 꿈이 스킨다이버를 만들어냈으며 잠수함을 만들어냈다. 꿈은 허망해 보이고 쓸모없이 헛된 것 같지만 그런 꿈들이 종종 현실화되곤 한다.

앎의 세계는 자기가 본 적이 있는 그림, 자기가 아는 이야기밖에는 드러내지 못한다. 꿈들의 세계를 가로막는 요소가 앎의 세계다. 한 번도 모자를 본 적이 없는 사람은 보아뱀이 코끼리를 삼키는 어린왕자의 그림을 보고 모자라고 대답하지 않는다. 이미 모자를 보았기에 그 비슷한 형태를 모자로 인식하는 것이다. '아는 만큼 볼 수 있다'는 말은 보편화되어 있다. 하지만 아는 만큼 보려 하면 안 된다. 아는 만큼만 보면 더 이상 진보는 없다. 지금의 속도를 유지한다면 더 이상 새로운 기록은 작성되지 않는다. 앎의 세계도 마찬가지다. 아는 만큼만 보려 하면 더 이상의 진일보한 앎은 없다. 아는 것을 오히려 무시하고 새롭게 보기, 또는 뒤집어 보기, 거꾸로 보기 등 무의 상태에서 보아야 더 많이 볼 수 있다. 그래야 상상의 세계가 살아난다.

상상력이 창의력으로 곧바로 연결되지는 않지만 창의력의 씨앗이 될 수는 있다. 당시에는 망상이며 공상이라고, 쓸데없는 생각이라고 비난을 받기도 했던 것들이 현실이 된 예는 얼마든 있다. 그런 생각들을 망상으로 여기지 않고 실현 가능하다고 믿으며 끝없는 실패 속에서도 포기하지 않은 이들의 인내와 의지로 지금의 발전은 이루어졌다.

꿈꾸고 상상하던 세계는 먼먼 동화처럼이나 아득하게 멀어지고, 어떻게 하면 부자가 될 수 있을까, 어떻게 하면 좋은 인맥을 형성할 수 있을까, 어떻게 하면 권력을 잡을 수 있을까 하는 현실적인 생각이 그 자리에 들어선다. 유치한 삶의 싸움터로 나를 끌어들인다. 그러한 것들이 그 어떤 것보다 편안한 삶으로 나를 인도할 수는 있다. 하지만 꿈을 잃은 내가, 보다 큰 세계를 볼 줄 알던 내가 지극히 현실적으로 변해간다는 것은 얼마나 슬픈 일인가.

모두들 그렇게 살아가긴 한다. 현실을 받아들이고, 그 현실에 자신의 꿈의 키를 맞추고 욕망의 키를 맞추며 산다. 그것이 현실이고 진정 자기계발이라는 것을 인정하면서 좁은 앎의 틀에 갇힌 노예가 된다.

많은 시간을 살수록, 그래서 어른이 되어갈수록 실상은 더 많은 것

나 한 마리 작은 새라면 그리고 두 개의 날개가 있다면
그대에게 날아갈 수 있으련만.
그러나 그럴 수가 없기에
난 언제나 이곳에 남아 있네요.

을 잃으며 살아가고 있다. 무한한 상상 속에서는 우주 저 밖까지도 나의 무대였지만, 점점 현실이란 이름 속에 갇혀 지구 밖은커녕 내 나라 밖도 벗어나지 못하고 작은 생각의 틀 속에 갇혀 산다. 모든 것이 새롭고, 모든 것이 신비스럽게 느껴지던 날들은 지나갔다. 보이지 않는 것들을 보고, 보이지 않는 것을 느낄 수 있던 아름다운 꿈의 시절을 잃고 산다.

> 희망에는 날개가 달려 있다.
> 희망은 영혼 속에 머물면서
> 언어 없는 가락을 노래하며
> 결코 중지하는 일이 없다.
> 거센 바람 속에서도 더욱 아름답게 들린다.
>
> ─에밀리 디킨슨(Emily Dickinson), 〈희망에는 날개가 있다〉

다시는 그때 그 시절로, 그때 그 생각으로 돌아갈 수 없다. 돌아갈 수 없어서 우리는 유년의 날들을 그리워한다. 모든 것이 신비롭고 경이로웠던 유년의 날들은, 이제 한줄기 추억으로 간직한 채 좁은 나의 세계에서 살고 있다. 현실이라는 이름, 현실이라는 구실은 나를 좁은 감옥에 가두고 있다. 그리고 다른 모든 것은 나보다 어린 사람들의 역할로 돌리려 한다. 그것은 비열한 일이며 비참한 일이다. 나를 늙게 만드는 일이다. 단 하루를 더 산다 해도 나이와는 관계없이 꿈꾸며 살아야 한다. 상상을 즐기며, 망상을 즐기며, 나를 즐기며 살아야 한다. 그것이 영원한 젊은이로 살게 하는 힘이기 때문이다.

"생명이 있는 한 희망이 있다. 희망은 만사가 쉽다고 가르치고 실망은 만사가 어렵다고 가르친다."
─위트

6
지금의 선택이
나의 미래를 만들고 있다

오늘 아니 지금 이 순간도 우리는 무수한 선택에 직면해 있다. 선택이 아닌 것처럼 여겨지는 아주 사소한 일들도 모두 선택이다. 전철을 타고 그 시간에 무엇을 할 것인지, 이를테면 독서를 할 것인지, 모자란 잠을 보충할 것인지, 그냥 멍하니 있을 것인지를 결정하는 것도 선택이다. 그런데 하찮은 것이라 생각되는 그런 순간들을 우리는 선택으로 여기지 않는다. 사실 우리는 무감각해질 정도로 무수한 선택 속에서 살고 있다. 그러다가 인생의 커다란 변화가 올 수도 있는 문제 앞에서 고민을 한다.

로버트 프로스트(Robert Frost)는 〈가지 않은 길〉에서 선택의 문제를 이야기한다.

노란 숲속에 두 갈래 길이 있었다.

안타깝게도 나는 두 길을 한꺼번에 갈 수 없는

한 사람의 나그네였다.

그래서 오랫동안 서서

한 길이 덤불 속으로 꺾여든 데까지

바라볼 수 있는 한 바라보고 있었다.

그러다가 아름다운 다른 길을 택했다.

그럴 만한 이유는 있었다.

그곳은 풀이 더 우거지고 밟힌 자취가 적었다.

하지만 결국 그 길을 걸음으로 해서

그 길도 거의 같아질지 모른다.

오직 하나의 길밖에 없다면 그것은 선택이 아니다. 그 문제를 푸는 데 있어 적어도 두 개 이상의 방법이 있을 때 우리는 그것을 선택이라 부른다. 그리고 내 삶의 방향이 결정될 수도 있는 그 선택 앞에서 우리는 많은 고민을 한다.

때로는 둘을 다 선택하고 싶다. 그때의 고민은 우리 마음을 더욱 흔들어놓는다. 좋은 일을 앞둔 선택에서는 더욱 그렇다. 모두 좋은데 그 중 하나만 골라야 한다니 얼마나 애석한 일인가. 하나를 선택하는 순간, 둘은 사라질 것이다. 시간적으로 하나를 선택하는 순간 둘은 다시 오지 않을 것이고, 다시 주어지지도 않는다. 그 선택 앞에서 불면의 밤들을 보내야 한다.

'이 길로 가면' 이란 가정을 하고 내게 다가올 일들을 상상한다. 또 저 길로 가면 내게 주어질 일들을 생각한다. 마음의 기울기는 비등할 뿐 좀처럼 어느 한 쪽으로 기울기를 거부한다. 그럼에도 불구하고 어떤 길이든 선택해야 한다. 이 길이 나의 1년 후, 3년 후, 10년 후의 삶을 송두리째 바꾸어놓을 것이다. 그런 생각을 하다보면 선택이라는 게 얼마나 어려운지 고민에 고민을 거듭한다.

물론 정반대의 경우도 있다. 피치 못할 문제로 최악의 상황을 막아야 하는 선택 말이다. 최선의 선택을 해야 하는 경우는 그야말로 배부른 자의 고민이며, 행복한 고민일 수 있다. 그러나 최악의 상황에 몰려 죽기 살기로 무언가를 선택해야 하는 인생의 막다른 골목에서의 선택은 너무도 비참하다.

그날 아침 두 길에는 아무에게도 더럽혀지지 않은 낙엽이 덮여 있었다.
아, 나는 뒷날을 위해 한 길은 남겨 두었다.
하지만 같은 길은 이어져 끝이 없으니
내가 다시 돌아올 일은 의심스러웠다.

오직 하나의 길밖에 없다면 그것은 선택이 아니다.
그 문제를 푸는 데에 있어 적어도 두 개 이상의 방법이 있을 때
우리는 그것을 선택이라 부른다.

먼 훗날 나는 어디에선가 한숨을 쉬며 이 이야기를 하겠지.

숲속에 두 갈래 길이 갈라져 있었다.

나는 사람이 덜 다니는 길을 택했다.

그 일로 모든 것이 달라졌다고.

어떤 경우든 선택은 하나로 귀결된다. 행복한 고민 속에서의 선택도 결정하고 나면 편안하다. 선택하지 않아서 멀어져갈 것들이 아쉽기는 해도 이제는 포기한 것이기에 오히려 홀가분하다. 선택한 것의 결과가 어찌되든 그 결과에 대해 후회하지는 말아야 한다. 후회하는 사람은 그 무엇을 선택하든 후회하게 되어 있고, 후회하지 않는 사람은 최악의 상황에서도 후회하지 않는다. 모든 선택의 책임은 자신에게 있기 때문이다.

최악을 선택해야 하는, 다시 말해 안 좋은 일에서 문제 해결을 위한 최악의 선택에서도, 선택하고 난 후가 훨씬 편안하다. 수치를 당할 것인가, 뭇매를 맞을 것인가의 선택일지라도 결정하고 난 후에는 어쩔 수 없음을 알기에 선택한 후가 훨씬 평안하다.

누군가를 선택한다는 것은 내가 그를 책임진다는 의미며, 무슨 일을 선택한다는 것은 그 일에 내가 책임을 진다는 의미다. 책임을 회피하거나 타자에 대한 피해로 넘기려 한다면 그는 성숙한 사람으로서의 자격이 없다.

사람은 책임을 질 줄 아는 존재며, 자기를 희생할 줄도 아는 존재다. 앞을 볼 줄도 알고 뒤돌아 볼 줄도 알고 좌우를 살필 줄 알아서 사람이다. 오직 자기 앞가림만을 고집한다면 여타의 동물과 하등 다를 바가 없다. 아무리 무거운 삶의 짐이라도 기꺼이 질 수 있을 때 그에게 희망의 문이 열린다.

지금 내가 어떤 선택을 하고 있느냐가 중요하다. 물론 그 선택의 결과는 내가 존재하는 한 내 책임이다. 그러나 책임에 대해 짐스러워할 필요는 없다. 나는 살아 있는 한 책임을 지고 삶의 무게를 느낄 뿐인 현재진행형이다. 현재진행형은 과거에 구애받지 않으며 미래에 연연하지도 않는다. 스스로를 구속하는 것처럼 어리석은 일도 없다. 선택을 두려워하지 않는 방법은 언제나 현재진행형으로 사는 일이다. 나는 지금 무언가를 선택하고 있다. 나는 지금도 나의 미래를 선택하고 만들고 있다. 이 진지함이, 이 작은 긴장감이 나를 젊게 살게 한다.

"평범한 사람은 시간을 소비하는 것에 마음을 쓰고, 재능 있는 사람은 시간을 이용하는 것에 마음을 쓴다."
– 쇼펜하우어(Arthur Schopenhauer)

7
나는 비교한다,
고로 나는 불행하다

이 세상에 행복해지고 싶지 않은 사람이 어디 있으랴. 누구나 행복을 바라며 산다. 행복이 부에 있다고 생각하며 부를 얻기 위해 무진 애를 쓴다. 그리고 어떤 이는 부를 창출하기도 한다. 어떤 이는 많은 사람들을 마음대로 움직일 수 있다면 행복할 거라고 생각해 권력을 손에 쥐려 애쓴다. 그리고 드디어 권력을 잡기도 한다. 많은 이들이 환호하며 박수를 치고 그는 기뻐한다. 또 어떤 이는 뭐니뭐니해도 행복이란 건강에 있다고 생각하며 열심히 운동한다. 누구 못지않은 체력을 기른 그는 기쁘다. 어떤 이는 멋진 이성을 얻으면 행복할 것이라 생각하고 최상의 연인을 만나려 애쓴다. 이상형을 찾아 끈질긴 구애 끝에 아름다운 연인을 얻은 그는 기쁘고도 기쁘다.

원하던 일들을 이루고 나면 기쁘다. 하지만 그것은 기쁨이지 행복이 아니다. 기쁨과 행복은 유사어는 될 수 있어도 동의어는 아니다. 기쁨이 일정기간 지속될 때 비로소 그것이 행복이다. 일시적으로 끝나는 것이라면 그것은 일시적인 기쁨일 뿐이다. 행복은 기쁨과 기쁨을 잇대어 오랜 기쁨으로 지속된다.

세계에서 가장 행복지수가 높은 나라는 아주 가난한 나라, 흔히 후진국으로 알려진 부탄이다. 이 나라는 2000년대 초반 1인당 국민소득이 수백 달러에 불과했다. 그런데도 이들의 행복지수는 세계 최고였다. 수년이 지난 요즘은 5000달러로 급성장했다. 돈이 행복의 수단이라면 이들의 행복지수는 더 높아져야 할 터이다. 그런데 그와는 반대로 10위권 밖으로 밀려나고 말았다. 나라가 부유해지면서 산간마을까지 TV가 보급된 탓이라는 주장이 있다. 불교국가로서 종교에 충실했던 그들이었기에 종교의 힘으로 행복을 누렸을 것이다. 농업에 종사했던 이들은 순리에 따라 살아왔기에 행복했다. 그런데 TV를 통해 다른 세상을 보고 자신들의 삶과 비교하면서 오히려 행복을 빼앗긴 것이다.

우리가 진정으로 받아들여야 할 꼭 한 가지가 있다면 그것은 바로 자기 자신을 받아들이는 일이다. 자기 자신을 받아들이기만 하면 그 밖의 다른 일은 저절로 이루어질 것이다.
이 세상의 그 누구도 나와는 똑같을 수 없다. 나는 알고 있다. 나의 길을 스쳐 지나가는 모든 사람이 내가 그들에게 베풀려고 하는 것에 관심을 가지지는 않으리라는 것을. 하지만 그 누군가는 있는 그대로의 나를 알아볼 수 있으며 또 알아주리라는 믿음이 있기에 나는 힘을 얻는다.

어떤 사람들은 다른 이들은 아주 소중하게 생각하면서 정작 자기 자신에 대해서는 충분히 생각하지 않는다. 그런가 하면 또 어떤 사람들은 자기 자신은 아주 소중하게 생각하면서 다른 이들에 대해서는 충분히 생각할 줄 모른다. 우리가 늘 기억해야 할 일이 하나 있다. 그것은 그 누구도 자기 자신이 다른 이들에게 그저 단순한 타인이 되리라는 것이다.

—예반(Javan)의 〈그리고 다가오는 성숙의 시간들〉 중에서

사람은 남과 비교하기를 즐긴다. 모두가 가난하면 내가 가난하다고 해서 불행을 느끼지 않는다. 모두가 무지하다면 내가 무지하다고 해도 불행해지지는 않는다. 남들 다 가는 상급학교에 내가 진학하지 못하면 나는 슬프다. 남들 다 타는 자동차를 소유하지 못하면 나는 서럽다. 남들 다 가진 집을 못 가지면 나는 불행하다.

행복은 나 혼자 느끼는 것 같지만 그 기준은 상대와의 비교에 따른 내 마음의 높이에 따라 결정된다. 내 욕망의 키, 내 욕심의 키가 높아질수록 우리는 행복하기보다 불행을 느낀다.

요즘은 여필종부란 사자성어를 '여자란 필수적으로 종합부동산세를 내는 사람을 부군으로 삼아야 한다'는 뜻이라며 우스갯소리를 하기도 한다. 이 유머는 현실을 반영하고 있다. 아는 것이 우리를 덜 행복

하게 만든다. 소위 앎의 병이다. 일반적으로 우리는 우리보다 환경이 좋은 사람과 비교를 한다. 그것이 우리를 무기력하고 불행하게 한다. 심해지면 우울증으로 발전할 수도 있다. 이 앎의 병을 치료하려면 자신을 있는 그대로 인정하고, 자신의 지금 환경에 만족해야 한다.

평소에는 나에게 필요 없던 물건이라도 누군가 가지고 있으면, 그것을 훌륭하게 사용하는 걸 보면 나도 그것을 갖고 싶다. 하지만 그것을 가질 수 없을 때 나는 불행을 느낀다. 나에게 필요 없을 것 같던 것을 필요한 것으로 느끼게 되는 건 다른 사람이 소유한 것을 보았기 때문이다. 이렇게 인간은 간사하다. 나는 알지 못했으므로 필요조차 몰랐던 것을 남을 통해 알게 되면서 자신의 것으로 삼고 싶은 욕망이 우리를 불행하게 만든다. 그렇게 남과 비교하기를 멈추지 않는 한 우리는 늘 초조하고 조바심을 느낀다.

행복은 나의 현재의 조건이 아니라 타인과의 비교에서 정해진다. 우리가 행복해지려면 나보다 부유한 사람, 나보다 권력이 있는 사람, 나보다 배경이 좋은 사람과의 비교를 멈출 때라야 가능하다.

"우리는 행복이란 제품을 만들 수 있는 재료와 힘을 자신 속에 지니고 있으면서도 기성품의 행복만을 찾고 있다."
–알랭 드 보통(Alain de Botton)

행복은 다름 아닌 내 마음에 달려 있다. 내가 타인과의 비교를 그만 두고, 나 자신과 타협을 이룰 때 행복을 찾을 수 있다. 아무리 많은 부를 누려도 나보다 더 부를 가진 사람이 있게 마련이고, 심지어 부만이 아니라 권력까지 가진 이들도 있을 수 있다. 그러니 비교를 멈추지 않는 한 우리는 행복할 수 없다.

8
나무를 바라보며
나는 아름다운 꿈을 꾼다

나이가 들어가면서 꿈마저 시들해진다. 어렸을 땐 잠을 자며 하늘을 날기도 하고, 떨어지기도 하고, 무언가에 쫓기다 아찔한 순간에 깨어나 한숨을 쉰 적도 꽤 많았다. 그런데 나이가 들면서는 잠 속에 꾸는 꿈마저 맥이 없다. 더 이상 하늘을 날기는커녕 달리는 꿈, 쫓기는 꿈도 없다. 그만큼 평소에 열정 없이 살고 도전 정신없이 산 탓이다. 다시 꿈을 꾸어야 한다. 불가능할 것 같다는 선입견으로 자기를 가두지 말고 모든 것은 지금부터라는 생각으로 외국어 공부를 새로 시작하든, 그 무엇이든 자신이 좋아하는 것을 시작해 보아야 한다.

산은 말이 없는 존재이다.

산은 저 멀리 혼자 서 있다.

밤이면 산의 이마에 입 맞추는 구름도

산의 탄식이나 신음소리를 듣지 못한다.

산은 제각기 명령받은 곳에 서 있는

군인들처럼 당당하고 높이 솟아 있다.

그들은 숲을 발아래 휘감으며

하늘을 버티고 서 있다.

– 햄린 갈런드(Hamlin Garland), 〈산은 외롭다〉

나무는 나무로만 보이고 바위는 바위로만 보이기 시작하면서 우리는 꿈을 잃는다. 현실적이 되어간다는 의미다. 하긴 늘 꿈에 젖어 살고 현실을 도외시하면 현실에서 살아남기 어렵다. 그래도 꿈을 잃어간다는 건 늙어간다는 의미에 다름 아니다.

어린 날에는 무한한 가능성이 있다. 그래서 꿈도 많다. 어른이 되어가면서 꿈은 허상임을 깨닫는다. 어른이 되어서도 꿈이 많은 사람을 우리는 세상물정에 어두운 사람이라고 한다. 하지만 꿈을 꿀 수 있다는 건 행복한 일이다. 그만큼 가능성을 품고 산다는 의미니까.

하늘의 무지개를 보면서 고운 꿈을 꿀 수 있다면 얼마나 행복한 일인가. 빛의 굴절이니 파장이니 이런 것을 모르면 어떠랴. 보이는 대로 느끼고, 남달리 볼 수 있는 마음이 있을 때 더 행복하다. 현실에 얽매

나무는 서서 꿈을 꾼다.

날이 가물어 물이 충분하지 않을 때에는 물이 충분한 날을 꿈꾼다.

나뭇잎을 떨어내는 가을날에는 다시 생기를 얻고 초록 잎을 입을 초록 꿈을 꾼다.

이는 순간부터 우리는 행복을 잊고 살아간다. 현실은 늘 계산기를 두드리며 숫자를 따지고, 결과에 이르는 방법만 생각하며 살게 한다. 그러면서 우리는 생존의 문제로 고민만 거듭한다. 아직 오지 않은 미래, 어쩌면 주어지지도 않을 미래를 미리 걱정하며 가슴 가득 꿈 대신 고민을 채워넣는다.

나무와 같은 사랑의 시를
나는 본 적이 없다.

나무는 단물 흐르는 대지의 젖가슴에
갈망의 입술을 대고 있다.

나무는 하루 종일 잎이 무성한 팔을 들어
하나님께 기도드리고 있다.

나무는 여름날이면 자신의 머리카락에다가
방울새의 보금자리를 틀어주고 있다.

나무는 가슴에는 눈이 쌓이면서도
비와 다정하게 살고 있다.

나 같은 사람도 시를 쓰지만

나무를 만드시는 분은 하나님이시다.

－조이스 킬머(Joyce Kilmer), 〈나무들〉

나무는 서서 꿈을 꾼다. 날이 가물어 물이 충분하지 않을 때에는 물이 충분한 날을 꿈꾼다. 나뭇잎을 떨어내는 가을날에는 다시 생기를 얻고 초록 잎을 입을 초록 꿈을 꾼다. 나무는 꿈이 있어 해를 향해 수직으로 다가간다.

나무를 보되 나무의 현상만 볼 것이 아니라 나무에 꿈을 걸어놓고 살아야 행복하다. 책갈피에도 꿈을 끼어넣고 꿈을 키우며 살 일이다. 꿈이 나중에 현실로 바뀌는 날을 간절히 원하며 살라. 이루어지지 않을 꿈이면 어떠랴. 이루어지든 이루어지지 않든, 꿈은 아름답다. 꿈은 그저 꾸는 것만으로 행복하다. 얼마나 고운 꿈을 꾸며, 아름다운 꿈을 꾸며, 원대한 꿈을 꾸느냐가 중요하다. 나중에 어떻게 되어도 지금, 바로 지금 어떤 꿈을 꾸느냐가 중요하다. 꿈을 꾸는 순간 우리는 행복하다. 꿈을 따라가다 보면 그 꿈에 가까워질 수 있기 때문이다.

기왕이면 1회용 꿈을 꿀 것이 아니라 지속적인 꿈을 꾸어야 한다. 1회용으로 꾸는 꿈은 망상에 불과하지만 지속적으로 꾸는 꿈은 인생의 목표가 되고 방향이 된다. 내 뜻대로 살아가려는 의지가 된다. 현실이라는 족쇄에 잡혀서 평생을 사는 것은 내가 내 인생을 사는 것이 아니다. 고운 꿈 하나 심어놓고 그 꿈을 이루기 위해서 삶의 물을 주고 돌아주며, 그 꿈을 가꾸며 살아야 한다. 많은 것을 이루며 살지 못해도 애초에 가졌던 그 꿈 하나로 평생을 살 수 있다면 그는 진정 행복한 사람이다.

꿈을 꾸는 자만이 그 꿈을 향해 나아갈 수 있고, 꿈을 향해 의지를 가지고 걸음을 내딛는 자만이 그 꿈을 이루는 주인공이 될 수 있다. 꿈을 갖고 사는 사람은 자기 삶의 주인공이다. 아무리 풍요로운 삶을 살고, 분에 넘치는 부나 권력을 가졌다 할지라도 꿈이 없이 이룬 삶의 결과라면 그는 엑스트라로 살아온 것이다. 꿈을 꾸는 사람이 진정 행복한 사람이다. 꿈은 앞으로 나아가게 하는 힘이다. 꿈은 한 발 더 움직이게 하고 조금 더 부지런하게 살도록 유도한다. 꿈은 힘이며 용기이며 희망이며, 자기 신뢰의 결과다.

"어떤 사람은 슬픔을 딛고 서고, 어떤 사람은 슬픔 밑에 깔린다."
– 랠프 에머슨(Ralph Waldo Emerson)

9

사소한 것에서 행복과 소중함을 발견한다

나만을 위한 삶은 뭔가 공허하고 인생에 기쁨이 없다. 그러다가 누군가에게 도움이 되고, 의미 있는 존재가 되어보면 기쁨이 가슴 가득 차오른다. 나를 위해 나 자신만을 살찌우는 것은 때로 공허 속으로 밀어넣지만 내가 나를 비워 누군가에게 보탬이 되면 기쁨이 되어 돌아오는 것을 깨달으면서 드디어 행복한 사람이 된다.

나이 들어가면서 조금이라도 생각이 있는 사람이라면 인간 존재에 대한 생각을 한다. 도대체 나란 존재는 어디에서 와서 어디로 갈 것인가? 이렇게 또렷한 기억들, 생각하는 힘이 소멸되고 나면 어떻게 될까? 그러면서 내면의 깊은 속으로 들어간다. 그러다 돌아보면 나라는 존재가 무익하고 쓸모없는 존재로 여겨질 때도 있다. 삶이 힘에 겨우

면 세상을 버리고 싶을 때도 있다. 그래서 스스로 목숨을 버리는 사람
도 있다.

소중한 자신의 존재를 아무렇게나 버려두는 사람은 불행한 사람인
동시에 무책임한 사람이다. 사람은 누구나 소중한 소명을 안고 태어난
다. 소명을 찾아, 그 소명에 충실하게 임해야 한다. 자기 삶에 책임을
지는 일, 그러면서 뭔가 세상에 작은 득이라도 되는 일, 하다못해 한
문장이라도 세상에 덧붙여 주는 일, 그게 사람으로 받은 소명이다. 사
람으로 났으니 사람으로 살아야 한다. 사람답게 사는 일, 그것이 우리
모두가 가진 기본적인 소명이다. 그 다음에 자신을 사랑하고 다른 사
람을 사랑하는 일이다. 한 마디의 위로와 격려, 그것만으로도 내 삶은
가치가 있다.

만일 내가 누군가의 찢어지는 가슴을 멈추게 할 수 있다면
나 헛되이 사는 것 아니리
만일 내가 누군가의 아픔을 편안하게 해 줄 수 있다면
누군가의 고통을 진정시킬 수 있다면
졸도한 한 마리 울새를 제 보금자리로 돌아가게 할 수 있다면
나 헛되이 사는 것은 아니리.

－에밀리 디킨슨, 〈만일 내가〉

누군가에게 위로의 말이라도 해줄 수 있다면, 위안이 되도록 따뜻한 인간애로 그의 손을 잡아줄 수 있는 마음이 있다면 삶은 가치 있다. 내 삶을 가치 있게 하는 것은 내가 부자가 되고, 내가 권력을 거머쥐고, 내가 지식인이 되는 것이 아니라 누군가에게 작은 위로라도 될 수 있는 그런 사람이 되는 것이다.

지금 있는 그대로의 상황에서, 내가 가진 것 중에서 나를 조금 비워 누군가의 위로가 되는 것이다. 지금 있는 자리에서 조금만 뒤로 물러서고, 조금만 내려서면 나의 말, 나의 행동, 나의 지식, 나의 위로를 필요로 하는 존재들이 얼마든지 있다. 내 삶은 구제불능이 아니라 소중하다. 살아 있는 존재인 나는 소중하다.

우리 삶은 어떤 모습으로든 가치가 있다. 살아 있는 한 소중한 가치가 있다. 나는 이 세상에 하나뿐인 소중한 존재다. 나를 대신할 사람, 나와 똑같은 생각을 가진 사람은 아무도 없다. 나는 이 지구상에 유일무이한 존재다.

이 세상은 수많은 사람들로 이루어진 거대한 퍼즐이다. 나는 그 퍼즐 조각이다. 내가 빠진 퍼즐은 완성되지 않는다. 그만큼 나는 소중하다. 내가 지금 하고 있는 말들, 내 행동들, 그 무엇이든 나를 대신할 존재는 없다. 나는 나의 흔적을 남기며 살고, 다른 사람은 그들 나름의 흔적을 남기며 산다. 이 지상에 소중하지 않은 존재는 없다.

소중한 존재인 나는 내 삶을 소중히 여겨야 한다. 한 번뿐인 내 삶을 가급적이면 의미 있게 써야 한다. 내 삶을 소중하게 여기며, 다른 사람의 삶에 영향을 미치되, 그들에게 이로운 영향을 미칠 수 있다면 행복한 삶이다. 그저 진심을 담은 말 한마디로 누군가를 위로할 수 있고, 그리 힘들이지 않고도 내 작은 힘을 보태 넘어진 사람을 일으켜주고, 무거운 짐을 드는 데 조그만 힘이라도 보탤 수 있다면, 주저 없이 남을 도울 수 있는 작지만 선한 마음을 갖고 있다면 나는 충분히 존재 가치가 있다.

"희망은 아주 거짓말쟁이기는 하지만 어쨌든 우리를 즐거운 오솔길을 지나 인생의 종착역 까지 데려다준다."
─라 로슈푸코(François de La Rochefoucauld)

10

누군가에게
믿음을 주는 사람이고 싶다

좀 더 우리 옆에 있었으면 하는 사람이 떠난다. 다시는 이 세상에서, 같은 하늘 아래에서 볼 수 없는 사람이 되어 떠난다. 한 번 떠난 사람은 아무리 아쉬워해도 돌아오지 않는다. 떠나는 그를 위해 국화꽃을 놓는다. 꽃이어서 놓는 것이 아니라 국화에는 고상한 기운이 있어서 망자를 위해 놓는다.

국화는 고상한 꽃으로 알려져 있다. 일찍 심어 늦게 피는 군자의 덕을 가지고 있으며, 서리를 이기고 피는 선비의 지(志), 물 없이도 필 수 있는 기(氣)가 있다. 이렇게 '덕, 지, 기'를 가진 꽃이라 하여 국화삼륜이라고 한다. 국화는 물을 많이 먹지 않고도 살 수 있는 식물이라 한다.

예로부터 국화를 사군자 중 하나로 부른 이유가 거기에 있다. 조물주가 꽃 중에 가장 나중에 만든 꽃이라고도 한다. 그래서 국화는 꽃 중에서 가장 발전된 모습을 하고 있다. 죽은 이의 제단에 바쳐짐은 물론 봄에 여린 싹은 나물로 먹을 수 있고, 여름엔 국화잎을 기름에 튀겨먹거나 쌈을 싸서 먹을 수도 있다. 가을에는 국화꽃을 띄워 차로 마실 수도 있으니 참 쓸모가 많은 꽃이다. 그뿐인가. 국화뿌리로 김치를 담가 먹을 수도 있고, 국화꽃을 말려 베개 속으로 베고 잘 수도 있다.

만 리 길 나서는 날

처자를 내 맡기며

맘 놓고 갈 만한 사람

그 사람을 그대는 가졌는가?

온 세상 다 나를 버려

마음이 외로울 때에도

'저만이야' 하고 믿어지는

그 사람을 그대는 가졌는가?

탔던 배 꺼지는 시간

구명대를 서로 사양하며

'너만은 제발 살아다오' 할

그 사람을 그대는 가졌는가?

풀씨를 닮은 사람들이 있다. 끈질긴 생명력으로 흙 위든 바위 위든, 어디든 떨어져 뿌리를 내리며 악착같이 살아가는 이들이 있다. 이들 중에는 더러 자기 생존을 위해 남에게 실망을 주고, 이기적으로 남에게 상처를 주며 은혜를 저버리는 이들도 있다. 얻으려고만 하지 주려는 마음이 없는 사람이 될 수도 있다.

산처럼 살아가든 풀씨처럼 살아가든 어떤 상황에서 어떤 조건에서 살아가는지도 물론 중요하다. 하지만 보다 중요한 것은 어떤 자세로 살아가느냐다. 때로는 산을 닮아 넉넉한 마음으로 내가 누군가에게 줄 것이 없나 돌아보며 남에게 득이 되는 삶을 살려는 자세가 필요하다. 때로 나에게 깃드는 사람들을 잘 파악하며 그들로 인해 나 스스로 상처를 입거나 실망하지 않도록 자기를 지킬 줄 아는 마음의 지혜를 가져야 한다. 내 잃어버린 열정, 내 잃어버린 세월을 그 누구도 보상해주지 않는다. 상황에 따라 스스로를 지킬 줄 알아야 행복한 삶을 살 수 있다.

누군가에게 도움을 주고 싶다면 마음마저 벗어놓고 도와주어야 한다. 도움을 받고 떠난다고 원망하거나 실망할 바엔 철저하게 이기적으로 사는 편이 낫다. 마음으로 미워하고 원망할 바엔 아예 남에게 득이 될 생각조차 하지 않는 것이 현명하다. 그 마음으로 살아간다면 내가 먼저 마음의 병을 얻어 불행해질 것이기 때문이다. 세상의 이치란 주는 사람 따로 있고, 받는 사람 따로 있는 법이다. 여기서는 내가 주지 만 저기서는 내가 받을 수도 있는 것이려니 자족하며 살아야 한다. 무 엇을 하든 내 마음이 편하도록 사는 것이 산처럼 사는 일이다. 산처럼 살 수 있다면 그는 행복하다. 조건을 달지 않는 삶, 그 삶을 사는 사람 이 행복하다.

불의의 사형장에서
 '다 죽어도 너의 세상 빛을 위해
저만은 살려 두거라' 일러줄
그 사람을 그대는 가졌는가?
잊지 못할 이 세상을 놓고 떠나려 할 때
'저하나 있으니' 하며
벙긋이 웃고 눈을 감을
그 사람을 그대는 가졌는가?

온 세상이 찬성하여도
 '아니' 하고 가만히 머리 흔들 그 한 얼굴 생각에
알뜰한 유혹을 물리치게 되는
그 사람을 그대는 가졌는가?

－함석헌, 〈그 사람을 가졌는가〉

산처럼 살아가든 풀씨처럼 살아가든
어떤 상황에서 어떤 조건에서 살아가는지도 물론 중요하다.
하지만 보다 중요한 것은 어떤 자세로 살아가느냐다.

한 인디언 추장이 말했다. "내가 세상에 태어날 때 사람들은 웃었고, 나는 울었다. 내가 세상을 떠날 때 나는 웃고, 사람들은 울어주기를." 어떻게 보면 나그네처럼 잠시 머물다 가는 세상에서 많은 물질을 남긴다 해도, 많은 창작물을 남긴다 해도 누군가 기억해주지 않는 모든 것은 무의미하다.

내가 비록 떠나도 누군가 나를 기억하고 있으면 나는 그 누군가 속에 살아 있는 것이다. 나를 곱게 기억할 사람, 나를 아름답게 추억할 사람, 그런 사람들이 있다면 나는 괜찮은 삶을 산 것이다.

제대로 된 삶을 살고 싶은 건 우리 모두의 희원이다. 세상에 쓸모 있는 삶, 유익을 주는 삶 말이다. 남에게 피해를 주고, 위선적인 삶을 살기보다 내 모습, 내 정신 모두를 사람들에게 내주고 소멸되는 삶, 그 삶을 살고 싶다. 완전한 인간은 없다. 아무리 존경받는 삶을 산 사람이라도 완벽한 삶을 살고 가는 것은 아니다.

그저 국화꽃처럼 살고 싶은 마음이 아름다울 뿐이다. 활짝 핀 꽃보다 막 터뜨리려는 꽃망울이 아름답다. 꿈이 이루어진 후의 허탈함보다 꿈을 막 이루려는 순간의 설렘이 지극한 기쁨이다. 사랑을 고백한 순간보다 사랑을 고백하려고 마음 먹고 입을 열려는 순간의 열정이 더 뜨겁다. 우리 삶을 아름답게 하는 것은 이런 아름다운 긴장들이 남아 있을 때다. 이루려는 꿈들이 피어나려 애를 쓸 때가 아름답다. 누군가를 아주 멀리 떠나보낼 때만 인생을 돌아보며 긴장을 느낄 것이 아니라 언제나 조금은 긴장하며 진지하게 살아야 한다. 친구가 멀리 떠나간 것처럼, 나에게도 그런 날은 온다. 어쩔 수 없는 생사의 문제를 너무 심각하게 받아들이지 말고 진지하게 늘 준비하며 살아야 한다. 누군가에게 늘 믿음을 주는 사람, 믿음직한 사람이 되어야 한다.

"친구의 곤경을 동정하는 것은 누구나 할 수 있다. 그러나 친구의 성공을 찬양하려면 남다른 성품이 필요하다."
– 오스카 와일드(Oscar Wilde)

11
더불어 사는
즐거움

사막에 간 어린왕자는 산에 오른다. 녹색식물도 자라지 않는 깡마른 산이다. 한 발 한 발 가파른 절벽에 발을 딛고 오른다. 두 발을 가진 동물이 네 발로 기어오른다. 항상 세 발은 지면에 붙어 있어야만 한다. 그래야 안전하다. 평지에서는 지면에 두 발만 붙어 있어도 충분하다. 하지만 벼랑을 오르려면 늘 내 지체 세 곳이 붙어 있어야 안전하다. 높이 오를 때, 가파른 곳을 오를 때엔 세 부분이 거기에 붙어 있어야 한다. 세 발을 지면에 붙이고 네 발 중 한 발만 교대로 움직이며 오른다. 힘겹고 위험한 산이다. 누구 하나 손 내밀어 잡아줄 사람이 없다. 어떠한 안전장치도 없다. 이 사막에 사람이란 존재는 보이지 않는다. 어디에도 없다.

정상에 올랐다. 사방을 둘러봐도 사람이 없다. 어린왕자는 아무렇게나 소리 지른다. 되돌아오는 소리, 소리, 소리가 있다. 사람의 소리, 누군가 대답을 한다.

어린왕자는 다시 외친다.

"너희들은 누구니?"

그러자 세 사람이 차례로 대답한다.

"너희들은 누구니?"

"너희들은"

"누구니?"

메아리, 그래 메아리다. 어린왕자의 말이 앞산에 부딪쳐 튕겨나온 소리다. 그나마 그런 착각을 할 수 있는 순간은 행복하다. 우리는 사막 한가운데 높게 솟아 있는 생명체라고는 없는 산, 그런 산 중에 살고 있다. 사람이 아무리 많아도 나와 소통이 없으면 그들은 내게서 비어 있다. 내 부름에 의미 있는 대답을 하고, 상대의 부름에 의미 있는 대답을 내가 할 수 있을 때라야 우리는 살아 있다. 소통이 없는 세상은 죽은 세상이다. 대답이 없고, 대화가 없는 세상, 서로 인사 나눔이 없는 세상은 인간의 사막이다.

내가 살고 있는 아파트를 1층에서 15층까지 걸어오른다 해도 내게 인사를 건넬 사람도 없고, 아는 척할 사람도 없다. 그곳은 어린왕자가 올라간 사막에 치솟은 깡마른 산과 별반 다르지 않다. 고독한 현대의 사막, 그 사막에 솟아오른 높은 산 속에 나는 살고 있다.

"사람은 고독하다. 사람은 착하지 못하고, 굳세지 못하고, 지혜롭지 못하고, 여기저기에서 비참한 모습을 보인다. 비참과 부조리가 아무리 크더라도, 그것이 사람의 운명일지라도, 우리는 고독을 이기면서 새로운 길을 찾아 앞으로 나아갈 결의를 갖지 않으면 안 된다."

릴케는 이런 현대인의 사막을 예견이라도 했던 것일까.

우리는 현대라는 사막에 살고 있다. 아침에 길을 나서 회사 문에 들어서기까지 몇 마디의 말을 하고, 몇 명에게 인사를 나누었던가. 1년 내내 출근을 하면서 거의 한마디 인사도 나누지 못하고 지나간다. 나는 사막을 걸어 회사로 가고 있다. 나를 알아보는 이 없고, 내가 아는 사람이 없는 거리는 사막이다. 설령 얼굴을 익히 알 정도로 길에서 날마다 마주치는 사람이 있다 해도 그는 내게 사람이 아니다. 단지 움직이는 물체에 지나지 않는다. 나와 의사전달을 하고, 의미 있는 말을 나누며, 소통을 할 때에야 그는 비로소 내게 살아 있다.

나뭇잎이 떨어진다. 멀리서 떨어져 온다.
마치 하늘의 먼 정원이 시들고 있는 듯하다.
거부하는 몸짓으로 떨어지고 있다.
그리고 밤이 되면 이 무거운 지구는 모든 별들에서 떨어져 고독
속으로 잠긴다.

이기심을 어느 정도 내려놓고
더불어 사는 즐거움을 맛보기 시작하면
우리 사는 세상은 더 이상 사막화가 되지 않을 것이다.

우리 모두 떨어진다. 여기 이 손도 떨어지므로

다른 모든 것을 보라 모두 떨어진다.

– 릴케, 〈가을〉 중에서

모여 있으면 외롭지도 고독하지도 않다. 그런데 우리는 손가락 사이로 빠져나가는 모래알들처럼, 각자 떨어져내리는 가을 나뭇잎들처럼 자신의 언어만을, 자신의 생각만을, 자신의 행동만을 내세우려 한다. 그래서 모이기보다 흩어진다. 그래서 고독하다. 자신의 공간, 자신의 소유, 자신이 처신할 수 있는 환경을 만들려는 이기심 때문에 모래알이 되고 낙엽이 되고 있다. 그래서 외롭고 고독해진다. 이기심을 어느 정도 내려놓고 더불어 사는 즐거움을 맛보기 시작하면 우리 사는 세상은 더 이상 사막화가 되지 않을 것이다.

우리는 잃어버린 사람들을 찾아야 한다. 잊고 있던 사람들을 찾아야 한다. 그래서 서로가 잃어버린 언어를 되찾고, 의미 있는 대화를 나누어야 한다. 내가 먼저 마음을 열고 인사를 건네는 것이 그들을 살려내는 일이다. 그러면 사람다운 사람들로 넘쳐나는 세상을 만들 수 있을 텐데도 나는 망설인다. 내가 걷는 거리, 내가 사는 아파트는 지금도 이렇게 비어 있다. 저기 저 산은 초록의 물결로 일렁이고 있건만……

중년이란 나이는 삶의 여유를 찾을 수 있는 시기다. 전후좌우를 살필 수 있는 연륜과 능력을 갖춘 나이다. 이제부터는 앞만 보며 달릴 것이 아니라 사방을 둘러보며 사람을 이해하고 존중하며 살아야 한다. 혼자 무언가를 이루며 성취감을 맛보았던 지난 일보다, 서로 무언가를 나누며 소통의 즐거움을 맛보며 살아야 한다. 그리 길게 남아 있지 않은 인생 후반부는 전반부와는 다른 즐거움으로 살아야 한다. 인생이란 전후반 모두 즐거워야 하니까……

"우리 밖에 있는 어떤 공동의 목적에 의해 우리 형제들과 연결됨으로써 우리는 비로소 숨을 쉴 것이며, 경험은 우리에게 사랑한다는 것은 서로 마주보는 것이 아니라 함께 같은 방향에서 바라보는 것임을 알게 해준다. 그들이 서로 같은 산의 정상을 향해 같은 줄로 연결되어 있지 않으면 동료가 아니다."

– 생텍쥐페리(Antoine de Saint-Exupéry)

삶이 그대를 속일지라도

인생 3라운드에서 詩에게 길을 묻다

초판 찍은날 2012년 4월 27일 **초판 펴낸날** 2012년 5월 3일

지은이 최복현

펴낸이 김현중
편집장 옥두석 | **책임편집** 이선미 | **디자인** 권수진 | **관리** 이정미

펴낸곳 (주)양문 | **주소** (132-728) 서울시 도봉구 창동 338 신원리베르텔 902
전화 02.742.2563~2565 | **팩스** 02.742.2566 | **이메일** ymbook@empal.com
출판등록 1996년 8월 17일(제1-1975호)

ISBN 978-89-94025-19-3 03810   잘못된 책은 교환해 드립니다.